Indrikis Harold Martinson

# Doppelspiele

## Im Schatten des Schicksals

Roman

Herstellung und Verlag:
Books on Demand GmbH, Norderstedt

ISBN-13:  978-3-8391-0888-8

# 1.

Die Sonne weckte ihn. Sie schien durch das Fenster direkt auf sein Gesicht. Die Sonnenstrahlen waren angenehm und eine undefinierbare Wärme umfing ihn. Vom Bett aus nahm er die weißen Wände des Zimmers nicht richtig wahr, denn er schwebte mit seinen Gedanken irgendwo, er wusste nicht wo.

Die Realität holte ihn wieder ein, als es an seiner Tür klopfte. Sebastian richtete sich auf und erkannte ihn sofort, als er grinsend in das Zimmer trat. Der Arzt trug keinen weißen Kittel wie sonst; er hätte ein Besucher sein können.

»Wir wollten uns unterhalten«, kam es zögerlich über seine Lippen. Behutsam setzte er sich auf die Bettkante. Er hatte nicht die ihm sonst innewohnende energische Ausstrahlung.

»Ich habe eine gute Nachricht, und eine schlechte. Welche wollen Sie zuerst hören?«, flüsterte er und fuhr fort, ohne eine Antwort abzuwarten, ganz überzeugt davon, durch die humorvolle Fragestellung dem Tragischen ein bisschen den Ernst genommen zu haben. »Es ist mit dem Eingriff alles gut gegangen und wir haben das erreicht, was wir erreichen wollten. Das ist die gute Nachricht. Aber wie wir es befürchten mussten, Ihre Krankheit ist irreversibel. Über die Möglichkeit eines solchen Ausganges hatten wir uns ja schon unterhalten. Und die Sie jetzt drängende Frage will ich so beantworten: Sie haben noch zwischen sechs und neun Monaten, Herr Kollege.«

Zunächst realisierte Sebastian die Tragweite dieser Worte nicht, obwohl er den Arzt ja gebeten hatte, ihm nach dem Eingriff das Krankheitsbild in kurzen Worten knapp und präzise zu erläutern und eine Prognose zu stellen. Nun hielt sich sein Kollege streng daran. Doch dann begann Sebastians Herz schmerzhaft zu pochen. Der letzte Satz hatte ihm innere Schläge versetzt. Seine Kehle zog sich zusammen und der Schüttelfrost griff nach seinem Körper. Er war nicht mehr Herr seiner selbst und konnte die Tränen nicht mehr zurückhalten. Der Arzt nahm ihn in seine Arme und drückte ihn wortlos. Dann, mit Zuversicht in der Stimme, raunte er heiser: »Ich helfe Ihnen, wo ich kann. Ich bin immer für Sie da, wann immer Sie mich brauchen!«

Sebastians Vater und Mutter besuchten ihn alle drei Tage. Überzeugend ließ er sie auch heute glauben, noch keine endgültigen Resultate zu haben. Die Gespräche waren für ihn anstrengend, denn sie palaverten nur über dies und das. Er aber hatte nun andere Sorgen. Sorgen? Nein, es waren keine Sorgen, es war die Gewissheit, nur noch wenig Zeit vor sich zu haben. Dieser Gedanke ließ ihn nicht mehr los. Nach dem Abendbrot, das er nicht anrührte, dauerte es nicht lange, bis er einschlief. Der Schlaf war aber nur von kurzer Dauer. Er wachte auf und konnte kein Auge mehr zutun. Kreuz und quer tanzten die Gedanken, um seine Eltern, um sein erst vierzig Jahre junges Leben, um seine Fehltritte, Versäumnisse und die vielen Vorwürfe, die er sich machte. Hatte er richtig gehandelt, als er entschied, sich nicht liieren zu wollen? Wieder legte er sich die Argumente auch hier zurecht und suchte sich zu überzeugen, dass allein seine Arbeit in der Gemeinschaftspraxis ihn so vereinnahmt hatte, dass für eine dauerhafte und ernsthafte Beziehung kein Platz war.

Am nächsten Morgen, nach dem Frühstück, bat er Hans, einen Zivildienstleistenden, ihn mit dem Bett auf die zum Zimmer gehörende Terrasse zu schieben. Es war wieder warm geworden und die Sonne schien. Nachdem sie sich gestern Nachmittag nach Tagen völliger Verborgenheit hinter einer dicken Wolkendecke wieder hatte blicken lassen, wollte sie heute offenbar ihre ganze Kraft zeigen. Sebastian zog die Bettdecke etwas höher und blinzelte genussvoll in den Himmel. Nach wenigen Minuten war er eingeschlafen.

Nachmittags besuchte ihn sein Freund Peter, sie wollten gemeinsam Sebastians Testament aufsetzen. Peter war ein angesehener Rechtsanwalt und Notar. Sebastian hatte ihn anlässlich einer seiner Fortbildungen kennengelernt, wo Peter Medizinern aus allen Fachrichtungen den komplizierten juristischen Sachverhalt erläuterte, dass Ärzte schon bei kleinsten ärztlichen Eingriffen, etwa bei der Verabreichung einer Spritze, zwar den Tatbestand einer Körperverletzung erfüllen, sich aber nicht strafbar machen. Sebastian und die anderen Lehrgangsteilnehmer hatten gelernt, dass die Erfüllung des Tatbestandes allein nicht zur Strafbarkeit der Handlung führt, sondern dass die Tat auch noch rechtswidrig und schuldhaft begangen worden sein muss.

# 2.

Einige Wochen später.
In der Praxis hatte Sebastian seine Kollegen informiert, dass er eine längere Auszeit nehmen würde. Zu makaber wäre es gewesen, seinen Tod als Begründung anzugeben, zumal man ihm seine Krankheit noch nicht ansah. Zwischenzeitlich war das Internet der wesentliche Inhalt seines Tagesablaufs geworden. Er suchte und suchte nach Hinweisen, ob vielleicht in anderen Ländern Behandlungsmethoden erprobt wurden, die zu positiven Ergebnissen bei der Bekämpfung seiner heimtückischen, todbringenden Krankheit geführt hatten. Überall in seinem Wohnzimmer belagerten Fachzeitschriften und die neuesten Fachbücher alle möglichen Ablageflächen; Aufzeichnungen und Berichte stapelten sich in allen Ecken. Er wusste, dass er sich mit dieser unermüdlichen Suche auch ablenken wollte. Er wusste aber auch, dass er sich damit mehr und mehr in sein Schneckenhäuschen verkroch. In seinem familiären Kreis akzeptierten alle - wohl aus Rücksichtnahme - seine Selbstisolation. Seine Bekannten hatten sich ohnehin schon zurückgezogen. Ein Single, und obendrein noch todkrank, das war niemand, mit dem man sich umgab!

Sebastian saß immer noch jeden zweiten Abend an der Theke seiner Stammkneipe. »Die Bezeichnung Kneipe ist verletzend!«, hatte ihm Sam gesagt, als er das Wort das erste Mal in den Mund genommen hatte. ›Die Lounge‹, so nannte Sam seine im puristischen Stil eingerichtete Bar, wurde von wenigen Individualisten und ab und zu mal von extravagant gekleideten Pärchen besucht. Sam hatte auch nord- und südamerikanische Tageszeitungen ausliegen, eine Gelegenheit für Sebastian, seine guten spanischen Sprachkenntnisse, die er während seiner drei Jahre Studienaufenthalt in Madrid erworben hatte, zu erhalten und zu verfeinern. Sam war ein weißer Amerikaner, nach Sebastians Empfinden ein wenig zu rassistisch in seinen Aussagen. Von Sebastian wusste er nur so viel, als dass dieser ein guter, nicht notleidender Gast war, höflich und zurückhaltend und ab und zu bereit, andere Gäste an der Bar in ein intensives Gespräch über allgemeine Lebensfragen zu verwickeln. Als die Tür aufging, drang der unangenehme Straßenlärm von draußen herein. Unweigerlich drehten sich die wenigen Gäste zur Tür, so auch Sebastian. Wie eine Statue stand sie im Türrahmen: hochgewachsen, filigranes, äußerst hübsches dunkelhäutiges Gesicht. Ihre Figur wurde in den eng anliegenden weißen Jeans und dem weit ausgeschnittenen Hemdchen sehr betont. Sie war süß, attraktiv und atemberaubend. Sie musterte den Raum und entschied sich, an die Bar zu gehen. Sie setzte sich auf den Hocker neben Sebastian, lächelte ihm kurz zu und bestellte einen frisch gepressten Orangensaft. Ihren kleinen Aktenkoffer aus Schlangenhaut stellte sie auf den Boden. Er war mit einer goldenen Kette an ihrem Handgelenk befestigt. Sie löste die Kette vom Handgelenk und befestigte sie an dem Umlauf der Bar. Nachdem sie ihren Orangensaft genüsslich ausgetrunken hatte, wollte sie mit einem Zehn-Dollar-Schein bezahlen. Sam erklärte ihr, dass sie schon in Euro zahlen müsse, denn es wimmele nur so von gefälschten Dollarnoten und er sei nicht in der Lage, die Echtheit des Scheins zu überprüfen. In gebrochenem Deutsch versuchte sie verständlich zu machen, dass sie vor wenigen Stunden aus den Vereinigten Staaten gekommen sei, hier etwas zu erledigen gehabt habe, sich nur bis zum Weiterflug in vier Stunden in der Stadt aufhalte und aus diesem Grunde keine Euro bei sich habe. Sie könne aber schnell zur Bank gehen und Geld tauschen, um den Orangensaft zu bezahlen. Wenn er ihr vertrauen würde. Denn dafür müsse sie ja die Bar verlassen. Sam war von Natur aus misstrauisch. Außerdem hatte er offenbar schon viele Gäste erlebt, die sich mit ähnlichen Ausreden als Zechpreller erwiesen hatten. Doch er willigte in ihren Vorschlag ein, vorausgesetzt, sie hinterlege ein Pfand, wie zum Beispiel ihren kleinen Schlangenhautkoffer.

»Sam!«, mischte Sebastian sich ein, »ich übernehme das.«

Die Schönheit wandte sich ihm zu und lächelte ihn irritiert an.

»Das ist nett von Ihnen, aber ich werde mich mit diesem Herrn Barkeeper schon arrangieren.«

»Wenn Sie mir eine Freude machen wollen, und das ist mein Ernst, dann lassen Sie sich von mir zu diesem Glas einladen. Und Sie werden mir doch keinen Korb geben wollen, nicht wahr?«

»Was bedeutet das, ›keinen Korb geben‹?«, fragte sie schüchtern.

»Ich erkläre Ihnen diese deutsche Redewendung sehr gerne unterwegs. Kommen Sie, ich begleite Sie ein

Stück. Auch ich muss zum Flughafen. Fahren wir doch gemeinsam dorthin.« Seine kleine Flughafen-Notlüge belastete Sebastian nicht. Er legte Sam einen Zwanzig-Euro-Schein auf die Theke und lud die Fremde mit einer ausholenden Handbewegung zum Verlassen der Bar ein. Sie bedankte sich für den Orangensaft und kündigte an, sich am Flughafen revanchieren zu wollen. Denn dort könnte sie problemlos mit Dollar bezahlen und sie wären dann wieder quitt. Am Taxistand wählte Sebastian ein Fahrzeug mit Panoramadach. Er bat den Fahrer, auf Umwegen zum Flughafen zu fahren und dabei die schönsten Sehenswürdigkeiten der Innenstadt anzusteuern. Die Fahrt dürfe aber nicht mehr als fünfzig Euro kosten, fügte er gleich hinzu. Schlechte Erfahrungen mit Taxifahrern hatte er schon zu Genüge gemacht.

»Mein Name ist Monique. Ich danke Ihnen sehr. Wissen Sie, wenn ich nicht ganz zufällig in die Bar gegangen wäre, dann würden wir beide jetzt nicht in diesem Taxi sitzen. Es ist das Schicksal, das uns leitet. Und mit jedem Schritt in die eine oder andere Richtung verändert sich unser Lebensweg. Der Lauf des Lebens hängt von so vielen kleinen Dingen ab. Und darum nehme ich Ihre Begleitung an.«

»Monique, das freut mich sehr. Ich freue mich, an der Seite einer so schönen und interessanten Frau zu sein. Nennen Sie mich bitte Sebastian.«

Durch ein ruckartiges Bremsen wurden sie unterbrochen. Der Taxifahrer hatte eine Parklücke unmittelbar am großen Stadtbrunnen entdeckt und schlug vor, den Brunnen zu besichtigen. Also stiegen Sebastian und

Monique drei nasse und rutschige Stufen aus geschliffenem Granit hinauf und bewunderten die Wasserfontänen, die im Takt einer leichten Musik in die Höhe schossen. Der Taxifahrer mahnte schnell die Weiterfahrt an, hatte er doch das Limit von fünfzig Euro vor Augen. Monique rutschte auf der vorletzten Stufe aus. Sebastian konnte sie gerade noch auffangen und zog sie zu sich hoch. Er hielt sie fest. Es waren nur wenige Sekunden, und eng aneinandergepresst sahen sie sich in die Augen.

»Danke!«, sagte sie leise und gab ihm einen dezenten Kuss auf die Wange. Am Flughafen unterhielten sie sich in der Business-Lounge über die Dinge des Lebens. Sie war rhetorisch so bewandert, dass alles, was sie sagte, ihn faszinierte. Ihre Gestik war so grazil, dass jede ihrer Bewegungen ihn fesselte. Er war im Begriff, sich zu verlieben.

»Sebastian, ich danke Ihnen sehr für Ihre Gesellschaft. Die Zeit mit Ihnen ist im Nu vergangen. Ich habe mich in Ihrer Gesellschaft sehr wohl gefühlt. Doch nun ist die Zeit des Abschieds gekommen. Mein Flug wurde gerade angezeigt. Ich muss weiter. Aber vielleicht war ja unsere Begegnung ein erster Meilenstein, wer weiß?«

»Ich begleite Sie noch bis zum Gate, Monique«, sagte Sebastian knapp, denn ein Knoten im Hals ließ mehr nicht zu. Vor den Sicherheitskontrollen hielt sie an, drehte sich zu ihm und gab ihm einen Kuss auf die Wange. Sie sah ihn mit ihren Katzenaugen an, und er schmolz innerlich dahin.

»Sebastian, vielleicht bleibt es ja nicht bei diesem ersten Meilenstein? Sie wissen doch, es ist das Schicksal, das uns leitet, und mit jedem Schritt in die eine oder andere Richtung verändert sich unser Lebensweg. Vielleicht ist ja unsere Begegnung ein Novilunium?«

Sie verschwand im Zubringertunnel zum Flugzeug.

»Eine Tasse Kaffee nimmt dir sicherlich dieses beklemmende Gefühl, alter Junge!«, sagte seine innere Stimme, die offenbar mit ihm litt. An der nächsten Theke bestellte er einen doppelten Espresso und sinnierte. Eine ältere feine Dame stupste ihn mit ihrer Gehhilfe am Bein an und fragte, ob sie sich zu ihm stellen dürfe. Er musste sie verdutzt angesehen haben, denn sie wich ein wenig zurück.

»Junger Mann, ich wollte Sie nicht belästigen. Sie sehen aus, als ob Sie mit einer älteren Dame noch fertigwerden. Deshalb habe ich Sie gefragt.«

»Oh, nein! Natürlich! Bitte! Hier ist genug Platz. Darf ich Sie zu einem Kaffee einladen. Sie werden mir doch keinen Korb geben, nicht wahr?«, fragte Sebastian sie lächelnd. Sie nahm seine Einladung an und erzählte ihm bis ins kleinste Detail, dass sie eigentlich im äußersten Süden von Chile wohne, hier ihre deutschen Verwandten besucht habe und nun auf dem Weg zu weiteren Verwandten in die Vereinigten Staaten sei. Sie wolle alle Blutsverwandten noch einmal sehen, bevor das Alter ihr lange Flugreisen verbiete. Sebastian begann diese doch sehr energische und sehr selbstbewusste alte Dame zu bewundern. Aber nach einer Weile, sie erläuterte ihm gerade die Zwistigkeiten zwischen ihrem ›Deutschland-Klan‹ und dem Familienableger in den Staaten, ertappte er sich, wie er ihr gar nicht mehr richtig zuhörte. Es war zu viel der eindringlichen Worte.

»So, mein Herr, es ist die Zeit des Abschieds gekommen. Mein Flug wurde gerade aufgerufen. Kommen Sie mich doch mal besuchen in Chile, junger Mann! Sie werden dieses Land nie wieder verlassen, so schön ist es. Und gut aussehende und gut gebaute Männer wie Sie brauchen wir immer. Adios!«, sagte sie verschmitzt lächelnd und war verschwunden. Sebastian hingegen war noch da und wusste nicht, wie ihm geschah.

»Nun beherrsche dich, Alter!«, sagte ihm seine innere Stimme.

»Ja, das ist leicht gesagt! Ich habe in der letzten Stunde zwei Menschen getroffen, die mir fast wortgleich gesagt haben, dass die Zeit des Abschieds gekommen sei!«, antwortete er ihr, überzeugt, dass das eben Erlebte kein Zufall, sondern ein Wink des Schicksals sein musste. Auch kam ihm in den Sinn, dass er heute schon zwei Menschen aufgefordert hatte, ihm keinen Korb zu geben. Er ging eiligen Schrittes zurück zu dem Gate. Am Schalter fragte er, welches Ziel denn die Maschine hatte, die vor etwa einer halben Stunde abgefertigt worden war.

»Chile«, war die trockene Antwort.

Das Bild von Monique, als sie im Zubringer verschwand, begleitete ihn noch lange. Etwas verwirrte ihn aber daran. Er konnte sich nicht erinnern, ihren schönen kleinen Aktenkoffer gesehen zu haben. Hatte sie ihn irgendwo zurückgelassen, vergessen? Er versuchte sich schnell zu beruhigen, denn Monique hätte sicherlich ihren Koffer bald vermisst. Sebastians Niedergeschlagenheit wuchs und wuchs. Er entschied, sie bei Sam zu ertränken.

Die Bar war wie gewöhnlich nur von wenigen Gästen besucht, Sam putzte Gläser, seine Lieblingsbeschäftigung.

»Sam, hör' mir bitte zu. Wenn du an einem Tag die Bekanntschaft zweier interessanter Frauen machst, die eine kommt aus den Staaten und fliegt nach Chile, die andere kommt aus Chile und fliegt in die Staaten, ist das Zufall oder ist das ein Zeichen?«

Sam enttäuschte ihn. Seine dumme Bemerkung, Amor hätte ihn wohl voll erwischt, war alles, was er Sebastian zu sagen hatte.

Sebastians kleines Appartement lag im vierzehnten Stock. Durch die riesigen Fenster hatte er einen Blick über die ganze Stadt. Sams Worte gingen ihm nicht aus dem Kopf. Er versuchte jede Minute, die er mit Monique verbracht hatte, gedanklich wieder aufleben zu lassen. Hatte Sam vielleicht recht? Sebastian fiel Moniques Aussage ein, dass ihre Begegnung vielleicht ein Novilunium sei. Er war sich nicht ganz sicher, was genau ein Novilunium ist: Er griff zum Wörterbuch. *Das erste Sichtbarwerden der Mondsichel in der Erneuerungsphase des Mondes.* Was hatte Monique mit dieser Bemerkung andeuten wollen? Das erste Sichtbarwerden! Und dann? Dann wird die Sichel immer größer, sie entwickelt sich. Sollte irgendetwas sich entwickeln können zwischen Monique und ihm? Er versank immer tiefer in ein Reich der Vorstellungen und Fantasien.

# 3.

Pablo stieg von seinem schwarzen Hengst. Es war ein Deckhengst, der schon für viele Nachkommen gesorgt hatte, die auf dem elitären Pferdemarkt weltweit Spitzenpreise erzielt hatten. Deshalb wurde der Hengst auch als offizieller Stempelhengst geführt. Zwei Feldarbeiter rannten auf Pablo und das Pferd zu. Einer von ihnen hielt den Hengst an der Trense fest. Der andere näherte sich Pablo zögerlich und verbeugte sich tief. Pablo riss sein Bein hoch und versetzte dem Arbeiter mit enormer Wucht einen Fußtritt ins Gesicht. Die anderen Feldarbeiterinnen und Feldarbeiter beobachteten die Szene aus den Augenwinkeln. Sie wagten nicht, offen in Richtung des Geschehens zu sehen. Aus der Mitte des riesigen Feldes kam ein Mann in einem weißen Overall auf Pablo zugestürmt.

»Padron, warum tun Sie das? Dieser Mann ist heute nicht mehr in der Lage zu arbeiten. Und er steht sicherlich auch noch eine lange Zeit unter Schock, weil er mit dem Leben davon gekommen ist, zumindest bis jetzt.«

»Antonio, diese Nichtsnutze sollen wissen, dass hier nur Pablos Gesetz gilt. Und sie sollen wissen, dass ich über ihr Leben entscheide. Aber genug der Gefühlsduselei. Du hast hier über dreihundert Leute unter deiner Regie, aber die Produktion wird von Tag zu Tag geringer. Wenn das so anhält, werde ich diesem Pack schon zeigen, wie es anders geht. Ich gebe ihnen noch vier Tage Zeit. Und die vier Tage gelten auch für dich, Miguel, sonst bist du die längste Zeit Vormann gewesen.

Ich werde Aufseher abstellen, die euch Beine machen werden. Ach ja, und noch etwas. Schicke mir das hübscheste Mädchen, das du hier auf dem Feld hast. Ich brauche wieder eine zusätzliche Dienerin. Sie muss aber schreiben und lesen können.«

Pablo schlenderte durch das Feld und beobachtete die Leute. Sie arbeiteten schnell. Im Grunde war er mit ihren Arbeitsergebnissen ganz zufrieden, überzeugt, dass nur Druck und Angst diese Leute beflügeln würden.

Kaum hatte er seine streng bewachte Hazienda hoch oben auf dem Hügel inmitten seiner Plantagen erreicht, kam sein Pilot auf ihn zu und erinnerte ihn daran, dass seine Frau in einer Stunde landen würde. Der Hubschrauber sei bereits startklar. Pablo befahl ihm, sie allein abzuholen und ihn bei ihr zu entschuldigen, denn die Arbeit ließe es nicht zu, dass er persönlich auf dem Flugplatz erscheine.

Pablo hörte noch den Hubschrauber davonfliegen und nickte dann ein. Eine Stunde später wachte er vom Gebrumme der Rotoren wieder auf. Er ging zum Landeplatz und umarmte seine Frau, die erschöpft aus der Kabine kletterte.

»Du siehst müde aus, Monique.«

»Weißt du, Pablo, von Deutschland nach Spanien, dann über den Atlantik und quer über ganz Südamerika, dann zwei Stunden Aufenthalt in Santiago und nochmals weiter nach Concepción. Ja, und dann dort umsteigen in deinen Jet bis zu deiner privaten Landepiste und zum Schluss das letzte Stück mit dem Hubschrauber. Wer, sage mir, würde da nicht todmüde

sein? Einfacher wäre es, könnte mich der Hubschrauber immer
von Concepción abholen.«
Pablo holte weit aus und verpasste Monique einen
Schlag ins Gesicht. Ihre Unterlippe platzte auf und blu-
tete.
»Du Ignorantin! Willst du, dass die Behörden in Concepción auf mich aufmerksam werden und nachfragen,
woher denn eigentlich der Hubschrauber kommt und
wohin er fliegt? Wenn du nicht meine Frau wärst, würde ich dich jetzt richtig bestrafen.«
Monique presste ihre Lippen zusammen. Sie reichte
Pablo einen Briefumschlag. Pablo nahm ihn ihr aus der
Hand und wendete sich ab. Er hatte nun kein Interesse
mehr an einer weiteren Unterhaltung mit Monique.

Monique hatte die Tür zu ihrem Schlafzimmer noch
nicht ganz geschlossen, als ihre Zofe an den Türrahmen klopfte. Sie half Monique beim Auskleiden, begleitete sie ins Badezimmer und half ihr beim Duschen.
Dann streckte sich Monique auf dem Bett aus und
überließ sich den Zärtlichkeiten ihrer Zofe. Wie immer,
wenn sie von einer Reise zurückkehrte. Es war ein Ri-
tual, von Pablo verordnet. Pablo war impotent und
drohte Monique mit dem Tod, sollte ein anderer Mann
sie anfassen. Monique wusste längst, dass sie auf ihren
Reisen auf Schritt und Tritt verfolgt wurde. Sie hatte ein
Telefonat mitgehört, in dem Pablo seinen Sekretär an-
gewiesen hatte, sie bei jeder Reise durch einen lokalen
Privatdetektiv beobachten zu lassen. Schon in der
Hochzeitsnacht hatte Pablo ihr sein Unvermögen er-

öffnet. Seine gesellschaftliche Stellung und seine Geschäftspartner erwarteten aber, dass er in ordentlichen Verhältnissen lebte, also verheiratet war. Auch würde er so nicht die Aufmerksamkeit auf sich lenken, als äußerst vermögender Großgrundbesitzer, der womöglich noch eine Ehefrau suchte. Monique hatte ihn als charmanten und aufmerksamen Mann kennengelernt. Pablo hatte ihr den Himmel auf Erden versprochen und auch geholt, bis zur Hochzeitsnacht. Auf die erste Hiobsbotschaft war schnurstracks die zweite gefolgt. Sollte sie ihn verlassen oder betrügen, würde ihre ganze Familie einem schrecklichen ›Unfall‹ zum Opfer fallen, hatte Pablo ihr gedroht.

Moniques Familie wohnte unweit der Hazienda. Ihren Eltern fehlten die Möglichkeiten, ihren Kindern eine gute Schulausbildung zu finanzieren. So war Monique in einem nahe gelegenen Kloster zur Krankenschwester ausgebildet worden. Aber die Äbtissin des Klosters hatte nie das Ansinnen, Monique zum Übertritt zu bewegen. Sie sah in ihr einen Engel, der den gläubigen Menschen überall auf dieser Welt dienen sollte.

Am nächsten Morgen machte sich Monique auf den Weg in die Krankenstation des Klosters. Die Oberin begrüßte sie herzlich und strich ihr über das rotschwarze lange Haar. Monique warf sich einen weißen Kittel über, schnürte einen schwarzen Stoffgürtel um ihre schmale Taille und begab sich zu den armen und bedauernswerten Kreaturen, die in der Station auf ihren Tod warteten. Der Drogenkonsum hatte viele von ihnen langsam, aber stetig zugrunde gerichtet. Sie sprach mit ihnen und gab ihnen immer wieder Kraft und Mut: Gott sei bei ihnen, sehe sie und werde sie auf dem letzten Weg begleiten. Sie nahm die Hände der Kranken und streichelte sie lange, sehr lange.

Nachmittags kümmerte sich Monique um die Landarbeiter, die, überwiegend mit Messerstichverletzungen oder Kopfwunden, tagtäglich eingeliefert wurden. Sie wusste, dass ›draußen auf dem Felde‹ rohe und grausame Sitten herrschten. Nie hatte sie die Verletzten auf den wahren Hintergrund ihrer Verletzungen angesprochen, die armen Landarbeiter hätten ihr ohnehin nicht die Wahrheit gesagt. Sie waren eingeschüchtert. Pablos Aufseher und Wachen drohten ihnen mit der Vergewaltigung aller weiblichen oder der Kastrierung aller männlichen Familienangehörigen, sollten sie jemals etwas über die ›Bestrafungen‹ erzählen, wem auch immer. Monique wagte nicht, Pablo darauf anzusprechen. Seine Antwort kannte sie schon: einen Faustschlag ins Gesicht. Kurz bevor Monique das Kloster verlassen wollte, rief die Oberin sie zu sich.

»Monique, ich bin so froh, dass ich dich habe. Meine Schwestern und die armen Teufel auf der Krankenstation himmeln dich an. Aber ich mache mir Sorgen um dich. Ich beobachte schon seit geraumer Zeit, dass du unglücklich bist. Kann ich dir irgendwie helfen?«

»Wissen Sie, Mutter Oberin, jeder hat so seine Last zu tragen. Auch ich.«

»Aber wenn ich dir etwas von der Last abnehmen kann, würde dich das glücklicher stimmen?«

»Nein, es ist eine stetige Last. Ich habe offenbar wichtige Entscheidungen zu blauäugig getroffen. Aber ich muss selbst damit fertigwerden, wie auch unsere Patienten mit ihren Schicksalen fertigwerden müssen. Sagen Sie, Mutter Oberin, woher kommen eigentlich diese vielen Verwundeten? Keiner sagt mir, wie er sich seine Verletzungen zugezogen hat.«

»Mein Kind, darf ich fragen, woher du die aufgeplatzte Lippe hast?«

Monique konnte der Oberin gegenüber nicht lügen. »Mein Mann hat mich mit einer schnellen und unkontrollierten Handbewegung geschlagen. Das passiert oft, sehr oft. Aber bitte, Mutter Oberin, behalten Sie das für sich. Wenn er erfährt, dass ich über seine Misshandlungen spreche, dann wird er mich wieder schlagen.«

»Mein Kind, dein Mann ist der größte Drogenbaron im Süden Chiles. Er hat zwar der Bevölkerung im Umfeld seiner Villa Arbeit gegeben und bietet ihnen ein relativ gutes Auskommen. Aber er unterdrückt auf grausamste Weise jede Eigeninitiative dieser Leute. Wer aufmuckt, wird bedroht, geschlagen und mit dem Messer traktiert. Sieh dir die Männer nur an, die du behandelst!«

Erneut durchfuhr sie der Ekel gegenüber Pablo. Im Stillen war sie dem lieben Gott dankbar, dass ihr Mann impotent war. Allein der Gedanke, mit diesem Mann schlafen zu müssen, ließ ihren ganzen Körper vor Abscheu zittern. Sie fasste sich wieder, als die Oberin sie an sich drückte.

»Monique, wie hat dein Mann dir eigentlich erklärt, womit er sein Geld verdient?«

»Mutter Oberin, natürlich habe ich schon lange Zweifel an der Redlichkeit seiner Äußerungen. Pablo hat immer nur ausweichend auf meine Fragen geantwortet. Er sei Geschäftsmann und würde mit edlen Naturprodukten handeln. Auf allen Kontinenten würde man sich um seine Produkte reißen. Ich solle mir diesbezüglich keine Gedanken machen. Er werde immer gut für mich sorgen. Nur ab und zu könnte ich ihn unterstützen. Ich sollte wichtige Geschäftspapiere aus den Staaten oder Europa holen, die keinesfalls auf dem Postwege verloren gehen dürften. Deshalb reise ich ja alle sechs Wochen ins Ausland.«

»Mein Kind, lass dir nichts anmerken. Verhalte dich wie sonst, oder nein, besser, vermittle deinem Mann Sicherheit. Zeige ihm, wie wohl du dich bei ihm, mit ihm und insgesamt fühlst. Du musst erst mal mit dieser Situation fertigwerden und sie beherrschen. Und eins sollst du wissen: Wann immer du willst, ich nehme dich hier schützend auf und keiner wird etwas davon erfahren. Du bleibst dann im obersten Flügel des Klosters versteckt. Wie schnell könnte einer der Verwundeten — wenn auch unbeabsichtigt — plaudern.«

Monique wollte die Ratschläge der Oberin sofort umsetzen und in die Offensive gehen. Zurück auf der Hazienda begab sie sich in die Küche und bereitete zusammen mit den zwei Köchinnen Pablos Lieblingsessen vor. Sie temperierte eine Flasche Château Petrus Pomerol und backte eine kleine Hochzeitstorte aus Vanilleis, Baiser und Cognac-Kirschen. Sie zog sich sehr aufreizend an und rief Pablo zum Essen. Seine Augen blinzelten, als er Monique sah. Er nahm sie in seine

Arme und küsste sie. Er streichelte über ihre Brüste und zog ihren kurzen Rock hoch. Als Monique nach nur kurzer Zeit ihre Befriedigung vorgaukelte, ließ er von ihr ab. Pablo war mit sich und der Welt zufrieden.

Monique nahm die Flasche Wein und schenkte zwei Gläser aus feinstem Kristall halbvoll ein. Pablo nahm die Flasche und studierte das Etikett.

»Mein Schatz, du hast einen von meinen besten Weinen genommen. Weißt du, wie viel eine Flasche davon kostet? Einer meiner Landarbeiter müsste ein ganzes Jahr dafür arbeiten. Doch eine so schöne und unbezahlbare Frau wie du, die darf das. Was hast du vor? Willst du mich verzaubern?«

»Pablo, ich will dir nur zeigen, dass ich mit dir glücklich bin und dankbar bin, dass du mir dieses Leben ermöglichst. Ich fühle mich so wohl an deiner Seite und habe alles, was ich begehre. Und du erlaubst es auch, dass ich das tun kann, was ich mir wünsche. Den armen kranken Leuten zu helfen ist eine wunderbare Aufgabe für mich.«

Monique hoffte, dass diese Salve von Glücksbotschaften Pablos vermeintliche Gefühle einnebeln würde. Ihre Rechnung ging auf. Pablo war entzückt. Aber Monique wollte noch mehr. Sie leerte mit ihm eine Flasche Champagner und umgarnte ihn weiter mit wohldosierten Komplimenten.

# 4.

Klaus war Abteilungsleiter in einer deutschen Sicherheitsbehörde. Ein guter Bekannter, mit dem Sebastian schon viel unternommen hatte.

»Hallo, Klaus! Ich bin es, Sebastian«, rief er ins Telefon. Klaus war erfreut, ihn zu hören. Er hatte zwischenzeitlich vom Schicksal seines Freundes erfahren, und Sebastian wusste, dass er einem Todkranken keinen Gefallen abschlagen würde. Nach ein paar Sätzen allgemeinen Geplänkels kam er also auf seine Gesundheit zu sprechen und erzählte Klaus, wie schlecht es momentan mit ihm aussah. Er wollte erst ein wenig Mitleid erzeugen. Danach erzählte er ihm von Monique und dass er sie unbedingt wiedersehen müsse, auch wenn das die Erfüllung seines letzten Lebenswunsches wäre. Sebastian nannte Klaus alle ihm bekannten Details zu ihrer Person. Klaus wollte sehen, was er für ihn tun konnte.

Nach zwei Tagen kam der ersehnte Rückruf. Klaus gab Moniques vollständigen Namen, ihre Anschrift sowie ihre Telefonnummer an Sebastian durch. Er bat ihn aber, vorerst nichts zu unternehmen und insbesondere keinen Kontakt zu Monique aufzunehmen. Er wollte Sebastian erst sehen und lud ihn zum Abendessen zu sich nach Hause ein. Sebastian hatte ihn sofort verstanden. Offenbar hatte Klaus noch weitere Informationen, die er nicht per Telefon preisgeben wollte. Klaus war wieder solo. Seine nicht zeitgebundene, aber dafür zeitaufwendige Arbeit und die vielen Dienstreisen waren

Gift für seine bisherigen Beziehungen gewesen. Er war Hobbykoch, achtete aber stets auf seine Körperfülle.

Um den ersten Durst zu löschen, genehmigten sie sich zunächst ein gut gekühltes Bier. Dann servierte Klaus gegrillte Lummerstreifen an einer süßen Pfeffersenfsauce, um den Bier-Geschmack zu neutralisieren. Mit einem leisen Räuspern ging er eher nachdenklich zu seinem Weinkühlschrank und holte aus dem oberen Fach eine Flasche Rotwein heraus. Es war ein 2004er Château Lafite Rothschild, auf 16° temperiert. Schon immer fragte sich Sebastian, wie Klaus sich solche kostspieligen Weine leisten konnte. Diese Flasche war nicht unter vierhundert Euro zu bekommen, das wusste er.

»Sebastian, die Sache ist kompliziert und gefährlich. Schau, wenn du dich tatsächlich in diese Monique verliebt hast, dann ist das so eine Sache. Ihr Mann ist einer der gefährlichsten Verbrecher Chiles, der vor nichts zurückschreckt. Der würde glatt seine Mutter umbringen, wenn er daraus Nutzen ziehen könnte. Der Mann hat keinen Respekt, vor nichts in der Welt. Wenn der herausbekommt, dass du etwas von seiner Frau willst, bist du ein toter Mann!«

»Gut! Ich habe verstanden. Aber sage mir, was unternimmt denn die Justiz, um diesem Mann das Handwerk zu legen? Du kannst mir doch nicht weismachen wollen, dass die Behörden an diesen Mann nicht herankommen.«

»Sebastian, ich weiß, woran du denkst. Der Mann wird unschädlich gemacht und du hast die Frau. Aber so einfach geht das nicht. Glaube mir, sowohl die Chilenen als auch die Amerikaner und natürlich auch wir

Europäer haben ein Interesse, das Imperium dieses Mannes zu zerschlagen. Er allein produziert fast fünf Prozent des gesamten südamerikanischen Kokains. Der Koks-Absatz in den Vereinigten Staaten und in Westeuropa boomt wie verrückt. Dieser weiße Schnupfpuder bringt dem Mann einen Reingewinn von etwa fünfhundert Millionen Dollar jährlich. Er hat ein ausgeklügeltes Sicherheitssystem sowohl für den Transport als auch für den Geldfluss auf die Beine gestellt, das bislang nicht geknackt werden konnte. Wann immer ein Agent der amerikanischen Drug Enforcement Administration, also der DEA, nah genug an ihm dran war, verschwand dieser Mann auf Nimmerwiedersehen oder wurde mit drei Schüssen tot aufgefunden. Drei Schüsse in die Herzgegend, das ist die Handschrift des kolumbianischen Drogenkartells. Wir wissen zwar nicht sehr viel über den Kerl, wir kennen aber seinen Tagesablauf und die Leute, mit denen er zu tun hat. Sebastian, hör mir jetzt gut zu. All das ist streng geheim. Also kein Wort darüber. Und lass die Finger von dieser Frau. Es wird dir nicht gelingen, mit ihr irgendwie Kontakt aufzunehmen, ohne dass du Schaden nimmst.«

»Klaus, ich habe nur noch wenig Zeit zu leben. Und ich habe nur noch einen Wunsch: Diese Frau nochmals zu sehen, wenn auch nur für einen kurzen Augenblick. Also, siehst du eine Chance für mich? Gibst du mir diese Chance, Klaus?«

»Lass uns erst essen. Ich überlege mir währenddessen noch einmal, ob ich dir den Plan, den ich nach deinem Anruf und insbesondere nach Vorliegen der Resultate unserer bisherigen Recherchen geschmiedet habe, überhaupt zumuten kann und erläutern soll.«

»Nun spanne mich nicht auf die Folter, Klaus! Was hast du dir ausgedacht. Ich weiß, du bist ein Mann schneller Kombinationen. Was hast du für mich, Klaus?«

Der Weinkühlschrank gab eine weitere Flasche her, diesmal aber nur einen Grand Cru Classé Pauillac. Andächtig öffnete Klaus die Flasche, füllte zwei neue Gläser und setzte sich sehr langsam, quasi in Zeitlupe, in seinen Ledersessel. Er starrte lange an die Decke, prostete Sebastian zu und erläuterte ihm dann minutiös Punkt für Punkt seinen Plan. Sebastian war von der Gabe dieses Mannes, in kürzester Zeit einen komplizierten Ablauf so zu kombinieren, dass der rote Faden stets erkennbar war, fasziniert. Am Ende seiner Ausführungen hatte er nur noch zuzustimmen. Nichts schien mehr seiner Sehnsucht entgegenzustehen.

# 5.

Pablo war – nach diesem besonderen Abend mit Monique – von sich so überzeugt, dass er alsbald seinen Arzt zu sich bestellen wollte. Unbedingt wollte er jetzt etwas gegen seine Impotenz unternehmen. Wieder einmal stieg der alte Ärger in ihm hoch: Die Menschen waren in der Lage, eine Raumstation im Weltall zu bauen und auf dem Mond zu landen, sie entwickelten Heilmittel gegen die denkbar schlimmsten Krankheiten, und ihm sollte nicht geholfen werden können? Er griff zum Telefon und orderte seinen Arzt zu sich. Bereits vier Tage später untersuchte Dr. Alvarez ihn sehr gründlich und nahm eine Urin- und eine Blutprobe. Als er sich von Pablo verabschieden und das Zimmer verlassen wollte, zog Pablo ihn brutal zu sich heran.

»Dr. Alvarez, setzen Sie sich da hin«, befahl er kurz, auf einen Ledersessel deutend. »Ich habe da noch was. Was ist noch machbar, um mir meine Männlichkeit zurückzugeben?«

»Ich habe vor kurzem von einem deutschen Urologen gehört, der bei Patienten mit erektiler Dysfunktion, also Erektionsstörungen, Wunder vollbringt«, antwortete Dr. Alvarez und hütete sich, von Impotenz zu sprechen. Er erinnerte sich noch sehr lebhaft an die erste medizinische Grunduntersuchung, bei der ihm Pablo von seinen ›Schwierigkeiten‹ berichtete und er ihm die Diagnose Impotenz eröffnet hatte. Pablo hatte ihm damals die Faust ins Gesicht geschlagen.

Dr. Alvarez grinste kaum wahrnehmbar und dachte an die zehntausend Dollar, die er noch vor einem Tag von einem unbekannten Deutschen in der Praxis in Concepción erhalten hatte. Als Gegenleistung sollte er Pablo während des nächsten Untersuchungstermins nur stecken, dass es einen Spezialisten gebe, der große Erfolge bei Impotenzbehandlungen verzeichne. Und dass es genau Pablo war, der ihn kurze Zeit zuvor anrief, war eine Fügung Gottes.

»Besorgen Sie mir den Namen und die Adresse dieses Mannes, aber schnell!«, zischte Pablo seinen Leibarzt an und entließ ihn mit einer respektlosen Handbewegung.

Die Oberin passte Dr. Alvarez auf der Straße ab und bat ihn, noch in die Krankenstation zu kommen. Vier Landarbeiter hätten entzündete Wunden und hohes Fieber. Er half, so gut er konnte, und überließ ihr noch mehrere Penicillinspritzen und weitere Antibiotika.

»Dr. Alvarez, so kann es nicht weitergehen. Jeden Tag kommen immer mehr. Ich habe keine Kapazitäten mehr, räumlich wie personell. Die Bereitschaft, diesen wehrlosen Menschen Gewalt anzutun, schreit zum Himmel. Für jede kleinste Fehlleistung wird auf sie brutal eingeschlagen und eingestochen.«

»Mutter Oberin, Gott ist mit den Seligen. Gott wird uns helfen, ich hoffe bald«, sagte er voller Zuversicht. Seine Vermutung, dass der Besuch des unbekannten Deutschen mit irgendeiner Aktion gegen Pablo in Verbindung stehen müsse, hatte sich verfestigt.

Kaum hatte Pablo die Angaben über den deutschen Arzt erhalten, griff er zum Telefon. Aufgrund seiner Geschäfte auch in Europa wusste er immer, wie spät es dort gerade war. Er würde den Arzt durch einen von der Uhrzeit her unpassenden Anruf nicht brüskieren.

»Hallo, hier spricht Pablo Vásquez aus Chile, Südamerika. Spreche ich mit Herrn Dr. Sebastian Schöneberg?«

»Ja, der bin ich«, antwortete Sebastian energisch.

»Doktor, ich habe Ihre Adresse über meinen Arzt erhalten. Könnten Sie zu mir nach Chile kommen und mich hier untersuchen. Sie sind doch Urologe, nicht wahr?«

»Ja, das bin ich.«

»Bitte geben Sie mir Ihre Kontoverbindung. Ich überweise Ihnen sofort zunächst zehntausend Dollar für Ihre Spesen und Reisekosten. Natürlich werden Sie ein fürstliches Honorar bekommen, wenn Sie mir helfen können. Kommen Sie so schnell wie möglich. Ich würde mich freuen, Sie hier in den nächsten zwei bis drei Tagen begrüßen zu dürfen. Es ist sehr schön hier. Sie werden begeistert sein.«

»Ich komme gerne, um Ihnen zu helfen. Sie müssen aber wissen, dass ich nicht mehr praktiziere. Ich bin sehr krank und der liebe Gott wird mich bald zu sich holen. Aber wenn Sie es wollen, komme ich natürlich. Ich war noch nie in Chile. Bitte teilen Sie mir Ihre E-Mail-Adresse mit. So könnten wir auf dem schnellsten Wege kommunizieren. Ich schicke Ihnen dann meine Bankdaten und alle weiteren Informationen zu meiner Reise, insbesondere wann ich ankomme. Wohnen Sie in Santiago de Chile?«, fragte Sebastian mit fester Stimme.

»Nein! Ich werde Ihnen noch mitteilen, wie Sie zu mir kommen werden.« sagte Pablo voller Stolz.

# 6.

Schnell hatte Sebastian das Hin- und Rückflugticket für die Business-Class besorgt, wohlweislich aber den Rückflug offen gehalten. Im Fachhandel kaufte er noch Spezialinstrumente und Medikamente. Sein eigenes OP-Besteck für kleine Eingriffe war vollständig. Klaus kam zu ihm und inspizierte den Inhalt seiner Koffer. Er bat Sebastian, kurz in die Küche zu gehen. Offensichtlich sollte sein Freund nicht wissen, was er mit den Koffern vorhatte. Nichts sollte Sebastian irritieren.

»Sebastian, eins will ich dir zeigen. Sieh hier, das Marken- und Artikelnummerschild in deinem großen Koffer. Ich habe das Original ausgetauscht. Die neue Artikelnummer ist eine Notrufnummer. Wenn du diese anwählst, wird dir schnell geholfen. Deine einzige Aufgabe ist, so viel frei zugängliche Informationen wie möglich zu sammeln. Keine Anrufe von deinem Handy. Es wird alles abgehört! Deine Erkenntnisse berichtest du ausschließlich der Oberin des nahe gelegenen Klosters. Du erkennst sie an ihren Narben im Gesicht. Sie ist die Verbindung zu uns. Mehr musst du nicht wissen. Ach ja, Pablo wird dir sein Anwesen und das Kloster zeigen. Sage Pablo, dass du gerne in der Krankenstation aushelfen würdest. Das ist dann völlig unverdächtig, zumal du ja deinem Eid als Arzt verpflichtet bist. Er wird dir glauben.«

»Gut, du wolltest dabei sein, wenn ich Pablo die erste E-Mail zusende. Lass uns das jetzt machen«, stotterte Sebastian vor sich hin, sichtlich nervös. Seine Nervosität war aber nicht auf die zum Teil geheimnisvolle Vorbereitung seiner Reise zurückzuführen, sondern beruhte allein auf dem Gedanken, Monique wiedersehen zu können. Klaus hatte offenbar seine Nervosität richtig gedeutet. Er trichterte ihm ein, dass er es unbedingt schaffen müsse, Pablos Vertrauen zu gewinnen. Nur dann würde Sebastian heil aus der ganzen Sache herauskommen. Dass er bei der Aktion auch Monique wiedersehen würde, sei im Grunde nur ein Nebeneffekt. Vor allem sollte er sich nicht wie ein kopfloser Verliebter verhalten, wenn er Monique begegnete, und sich eine gute Geschichte ausdenken, damit er mit ihr gesehen werden könnte, ohne Verdacht zu wecken. Pablo habe überall Zuträger und Spione.

# 7.

Nach einem ruhigen Flug landete Sebastian in Santiago und bekam gleich einen Anschlussflug nach Concepción. Von dort aus ging es mit einem Privatjet nach irgendwohin weiter. Sie überflogen einige Bergkuppen und urwaldähnliche aber auch trostlose, öde Täler. Der Jet landete auf einer sehr kurzen und schmalen Asphaltpiste, die erst kurz vor der Landung in Sichtweite kam. Sie lag unmittelbar hinter einem Wald und konnte von oben durchaus als Feuerschutzschneise gedeutet werden. Der Pilot schüttelte Sebastian die Hand und schlug ihm auf die Schulter. Sein ›Vaya con Dios‹ war kaum wahrnehmbar. Draußen empfing Sebastian ein schwer bewaffneter Hüne, der ihm unmissverständlich zu verstehen gab, ihm zu folgen. Unter einem Tarnnetz stand neben einem kleinen Häuschen ein moderner Hubschrauber. Sebastian fielen sofort die zwei Maschinengewehre auf, die oberhalb der Kufen montiert waren. Aus dem Häuschen trat eine dunkelhäutige, junge, schlanke schöne Frau mit langen, welligen schwarzen Haaren. Ihr durchtrainierter Körper war eine Augenweide. Sie trug eine dünne, hautenge Tarnhose, die jeden Muskel sichtlich hervorhob. Ihr schwarzes ärmelloses Top war sehr tief ausgeschnitten. Sie wollte offenbar provozieren und reizen, anders konnte sich Sebastian diese Aufmachung nicht erklären.

»Mein Name ist Manolita. Ich bin die Pilotin des Hubschraubers. Wir werden einen kurzen Flug haben. Kommen Sie!«

Manolita würdigte ihn sodann keines weiteren Blickes. Sie konnte fliegen, wahrhaftig. Es ging steil nach oben, und als sie den Antrieb auf Hochtouren brachte, schnellte die Maschine ruckartig nach vorne. Nach knapp einer halben Stunde landete sie so, wie sie gestartet war, auf dem Rasen vor einer weißen Villa. Links und rechts der riesigen Treppe, die zur Terrasse der Villa führte, standen zwei uniformierte und schwer bewaffnete Männer. Sie forderten Sebastian auf, sie zu begleiten. Manolita, ganz zu seinem Erstaunen, trug seine zwei schweren Koffer mit Leichtigkeit hinter ihnen her.

»Herr Dr. Sebastian Schöneberg, schön dass Sie hier sind. Ich bin Pablo Vásquez. Nennen Sie mich bitte Pablo, alle meine Freunde nennen mich so. Ich hoffe, Sie hatten eine gute Anreise. Kommen Sie, wir werden erst mal eine Erfrischung zu uns nehmen. Dann können Sie mir erzählen, was Sie alles so erlebt haben, auf dem Weg hierher. Wissen Sie, ich reise so gut wie nie und deshalb freue ich mich immer über die Reiseerzählungen meiner Gäste. Ich habe viel Fantasie und kann mich sehr gut in Situationen hineindenken und, wenn die Erzählungen spannend sind, hineinversetzen. Ach ja, damit Sie von vornherein klar sehen und sich keine Chancen ausrechnen: Meine Manolita, so aufreizend Sie sie finden mögen, ist für Sie nicht zu haben. Manolita liebt nur junge Mädchen. Sie hat mit uns Männern nichts im Sinn. Also, vergessen Sie sie. Aber wir haben hier genug andere schöne Mädchen, daran soll es nicht liegen.«

Diese ersten Worte Pablos widerten Sebastian an. Pablo hatte ein großes Problem, mit sich selbst, so viel stand für ihn schon fest. Auch Sebastian hatte ein großes Problem: Er musste sich beherrschen. Sich beherrschen, um nicht gleich nach Monique zu fragen, sich beherrschen, um seinen suchenden Blick so unauffällig wie nur möglich schweifen zu lassen.

»Pablo, sagen Sie mir bitte, wo ich hier bin. Ich habe keine Ahnung!«

»Oh! Natürlich. Wir sind hier an der Laguna del Maule an der Grenze zu Argentinien. Dieses Haus hier, das habe ich bauen lassen, die riesigen Felder für die Landwirtschaft um das Haus herum wurden von den besten Ingenieuren angelegt. Wir produzieren hochwertige Erzeugnisse. Diese Gegend ist sehr sicher, auch wenn sie sehr abgelegen ist. Man sieht und man hört von Weitem, wenn sich ein Flugzeug oder Auto nähert. Die vielen bewaffneten Wachmänner dienen allein meiner Sicherheit, denn Neider, Doktor, gibt es immer. Hier ganz in der Nähe befindet sich ein Kloster. Es ist klein und wird von bescheidenen Franziskanerinnen geführt. Wohl an die zweitausend Menschen wohnen in der Gegend. Die, die arbeiten können, verdienen ihr Geld bei mir. So, nun wissen Sie fast alles. Ach ja! Die in weißen Overalls gekleideten Männer sind Feldaufseher und sorgen für Ruhe und einen reibungslosen Ernteverlauf. Sie müssen manchmal hart vorgehen, damit der Respekt der Leute mir gegenüber oberstes Gebot bleibt«, führte Pablo wie ein Obermeister aus, ohne auch nur ein Wort über die Drogenproduktion zu verlieren.

Sebastian durfte sich frisch machen und wurde von einem hübschen Hausmädchen zu seinem Gästezimmer geführt. Das modern eingerichtete Zimmer mit einer separaten Schlafnische war groß und hatte sehr hohe Fenster mit Blick auf einige Felder und Steinhütten. Das angrenzende Badezimmer ließ keinen Wunsch offen. Der gesamte Boden seines neuen Reiches war aus hellem Marmor. Das Hausmädchen packte Sebastians Koffer sehr sorgfältig aus und verstaute seine Sachen in einem begehbaren Wandschrank. Dann zeigte sie ihm oberhalb der Kaminöffnung einen in die Wand eingelassenen goldenen Knopf und forderte ihn auf, diesen zu drücken. Dabei lächelte sie ihn herausfordernd an. Nachdem er den Knopf gedrückt hatte, öffnete sich eine ihm bis dahin verborgen gebliebene Tür. Dahinter befand sich ein kleiner Raum, der sich – nur mit wenigen blauen und roten Lampen ausgeleuchtet – als gemütliche kleine Bar erwies. Alle Sebastian bekannten kostspieligen Spirituosen standen in Reih und Glied in einem Wandregal. Auf dem Tresen lagen mehrere kleine Silberdosen. Das Hausmädchen lächelte jetzt noch anzüglicher, öffnete eine Dose und reichte ihm einen kurzen Strohhalm. Das weiße Pulver war fein wie Puderzucker. Sebastian nahm die Dosen, drückte sie ihr in die Hand und bat sie, sich zurückzuziehen.

Er duschte und fragte sich, wie wohl Monique reagieren würde. Wusste sie von seinem Besuch? Was wusste sie? Wie würde er sich verhalten, oder besser: Wie sollte er sich verhalten? Es klopfte an der Zimmertür. Das Sebastian zugeteilte Hausmädchen brachte ihn zu Pablo.

Pablo saß in einem Ledersessel und las in einer Zeitung. Kaum hatte er Sebastian erblickt, schnellte er hoch und kam auf ihn zu.

»Kommen Sie, Doktor. Lassen Sie uns über Ihren Auftrag sprechen. Um es einfach zu machen: Ich bin impotent und Sie sollen mir meine Männlichkeit wiedergeben, koste es, was es wolle. Geld spielt keine Rolle. Keiner darf von Ihrem Auftrag erfahren. Ich habe den Leuten hier gesagt, es würde ein deutscher Arzt kommen, der die Versorgung im Kloster kontrollieren soll. Also müssen Sie sich auch dort ab und zu sehen lassen.«

»Pablo, wenn ich Sie richtig verstanden habe, dann leiden Sie unter erektiler Dysfunktion. Ist das richtig?«

»Ja! Aber das ist doch behebbar, nicht wahr?«

»Natürlich!«, sagte Sebastian voller Überzeugung. An Pablos Frage erkannte er, dass sich sein Gastgeber mit einer Heilung seiner Impotenz nicht weiter auseinandergesetzt hatte. Sebastian musste sein Verbleiben sicherstellen und diesem Schweinekerl Vertrauen vermitteln. »Wenn ich Sie von dieser Behinderung erlösen soll, dann muss ich ungehindert therapieren dürfen«, sagte er fordernd und genoss es, schon jetzt diesem Mistkerl eine Behinderung bescheinigt zu haben.

»Sie bekommen alles, was Sie benötigen, ohne Einschränkungen. Nur eines möchte ich wissen: Nach Ihren Erfahrungen, wie lange wird die Therapie ungefähr dauern, Doktor?«

»Das kann ich Ihnen nicht sagen. Das hängt auch von Ihrer Zusammenarbeit ab. Je mehr Informationen ich bekomme, umso schneller finde ich die Ursachen. Und dann kann es schnell gehen. Also, in zwei Monaten müsste ich Sie von dieser Behinderung befreit haben«, sagte Sebastian orakelnd und ließ sich innerlich erneut seine Worte auf der Zunge zergehen.

»Dann fangen Sie bitte gleich an, Doktor, und sprechen Sie nicht mehr von einer Behinderung.«

»Gut, Pablo. Dann gebe ich Ihnen einen kurzen Überblick über die von mir beabsichtigten Schritte. Zuerst werde ich Sie befragen, das heißt, auch intime, für Sie unangenehme Fragen stellen, und Ihre Antworten mit Ihnen gemeinsam analysieren. Gleichzeitig muss ich mit Ihrer Frau, ich gehe davon aus, dass Sie verheiratet sind, sprechen. Diese Gespräche sind sehr wichtig und ich muss sie unter vier Augen mit ihr führen, damit sie ohne jegliche Beeinflussung über das Thema sprechen kann. Der letzte Schritt wird eine körperliche Untersuchung sein. Wir müssten dazu in eine Großstadt fahren, denn ich benötige ein Ultraschallgerät und weitere medizinische Utensilien und Chemikalien.«

»Letzteres, Doktor, ist kein Problem. Im Keller dieses Hauses befinden sich ein Labor und ein Untersuchungsraum, der nicht nur mit einem Ultraschallgerät ausgestattet ist. Ich habe aber ein Problem damit, dass Sie mit meiner Frau über mein Problem sprechen wollen.«

»Hören Sie, Pablo. Ihre Frau weiß doch von Ihrem Problem. Sie kann aufschlussreiche Informationen liefern, glauben Sie mir. Nur wenn ich alles weiß, kann ich Ihnen wirklich helfen. Also?«

»Gut, sie heißt Monique und ist eine sehr schöne Frau. Sie hilft mir bei meinen Geschäften, obwohl sie selbst nicht weiß, auf welche Weise sie mir dabei hilft. Und das ist auch gut so. Wenn sie nichts weiß, kann sie auch nichts ausplaudern. Ich meine natürlich meine Geschäftsgeheimnisse. Sprechen Sie mit ihr, so viel wie Sie wollen, aber eine Bedingung stelle ich Ihnen: Ich will immer wissen, was sie Ihnen gesagt hat. Verstanden? Wir treffen uns wieder in zwei Stunden, zum Abendessen. Sie können mit dem Fahrstuhl ins Souterrain fahren und sich den medizinischen Trakt in Ruhe ansehen Sie werden begeistert sein, Doktor.«

# 8.

Nach der Inspektion der vielfältigen medizinischen Möglichkeiten im Keller des Hauses begab sich Sebastian wieder in sein Zimmer. Das Hausmädchen saß auf einem Stuhl und lächelte ihn zweideutig an. Sie kam auf ihn zu, küsste seine Wangen und schmiegte sich an ihn. Sie verführte ihn gekonnt. Sebastian wollte sich nicht verdächtig verhalten und ließ sie gewähren, denn er vermutete, dass Pablo diesen Ablauf angeordnet hatte.

»Ah, da sind Sie ja!«, rief Pablo, als er Sebastian zur Abendessenszeit erblickte. Er saß schon an dem luxuriös für drei Personen gedeckten runden Tisch. »Kommen Sie, meine Frau wird gleich bei uns sein. Aber bitte, Doktor, noch kein Wort über das Thema. Übrigens, hat Ihnen die kleine Liebesdienerin gefallen?« Sebastian konnte nicht mehr antworten, denn Monique betrat den Raum. Für ihn sah es so aus, als ob sie in ihrem weiß-roten Abendkleid wie ein Engel auf ihn zu schwebte. Pablo beobachtete ihn und deutete Sebastians Begeisterung wie bei allen anderen seiner Besucher: verzaubert vom Anblick seiner Frau! Er hatte sich nicht getäuscht, nur wusste er nicht, dass ein ähnlicher Anblick seinen Gast schon einmal verzaubert hatte. Monique zuckte zusammen und wurde blass, als sie Sebastian sah. Sie war irritiert und konnte seine Anwesenheit nicht einordnen.

»Pablo, du hast mir nicht gesagt, dass wir einen Gast haben«, stotterte sie. Sie zitterte am ganzen Körper.

»Liebling, sei bitte nicht so überrascht. Oder bist du verärgert? Das ist Doktor Sebastian Schöneberg, er ist Arzt und wird im Kloster eine Inspektion durchführen. Doktor, das ist meine Frau.«

Monique kam auf Sebastian zu und hielt ihm die Hand hin, die immer noch zitterte. Er nahm ihre Hand und drückte nicht wahrnehmbar drei Mal etwas kräftiger zu. Er wollte ihr ein Zeichen geben; wofür, wusste er selbst nicht.

»Frau Vásquez, ich bin entzückt!«, kam es klangvoll und enthusiastisch aus seinem Munde.

»Herr Doktor Schöneberg, seien Sie herzlich willkommen. Bitte entschuldigen Sie meine Überraschung, aber mein Mann hatte mich nicht informiert. Er arbeitet so viel, dass ich es ihm verzeihen muss. Seien Sie unser Gast. Wie lange haben Sie denn vor, zu bleiben? Gerne will ich Ihnen das Anwesen zeigen und Sie der Mutter Oberin vorstellen. Pablo, du hast doch nichts dagegen, dass ich mich um unseren Gast kümmere, nicht wahr?«, fragte Monique mit fester Stimme. Ohne eine Antwort Pablos abzuwarten, lud sie Sebastian ein, am Tisch Platz zu nehmen.

»Ich freue mich, dass mein herzensguter Pablo Sie als Arzt engagiert hat. Die Leute im Kloster werden von dieser noblen Geste meines Mannes beglückt sein, denn ich hoffe, Sie werden nicht nur inspizieren, sondern auch helfen, Doktor«, sagte Monique, ohne Sebastian dabei anzusehen. Sie blickte nur in die Augen ihres Mannes. Sebastian konnte nicht erkennen, ob sie ihren Mann provozieren wollte.

»Natürlich, Frau Vásquez!«

Pablo räusperte sich, seine Miene ließ nichts Gutes erahnen. Aber nichts passierte in diesen wenigen Sekunden, die so entscheidend waren. Er hatte offenbar nichts dagegen, dass seine Frau sich um Sebastian kümmern wollte. Pablo räusperte sich erneut und ließ den Champagner und den Hummer servieren.

»Doktor, meine Frau wird nichts dagegen haben, wenn Sie sie Monique nennen. Nicht wahr, Liebling?«

Sebastian schaute Pablo an und nickte. Sein Angebot, ihn dann im Gegenzug auch Sebastian zu nennen, wurde ohne jeglichen weiteren Kommentar von beiden angenommen. Pablo mochte ein schlechter Mensch sein, aber er war ein guter Unterhalter. Er erzählte eine Geschichte nach der anderen, aber Sebastian zweifelte mehr als einmal an deren Wahrheitsgehalt. Die ganze Zeit sah Monique ihren Mann lächelnd an, ihn dagegen nur ab und zu. Sie spielte ihre Rolle in diesem aufgezwungenen Theaterstück hervorragend. Wenn Pablo jedoch Sebastians Blicke hätte deuten können, wäre das ein Todesurteil gewesen. Sebastian schaute dieses bezaubernde Wesen immer wieder mit verträumten Augen an und schwelgte in verbotenen Fantasien. Monique erkannte, was in ihm vorging, und versuchte abzulenken.

»Wissen Sie, Sebastian, ich glaube an Gott. Er leitet uns. Dieses Leiten ist das Schicksal. Mit jedem Schritt in die eine oder andere Richtung verändert sich unser Lebensweg. Wir entscheiden aber, in welche Richtung wir gehen wollen. Pablo hat für sich entschieden, ich habe für mich entschieden. Und Sie, Sebastian, glauben

Sie an Gott?«, fragte Monique und schaute ihn diesmal andächtig an.

Pablo ließ Sebastian keine Zeit, eine Antwort zu geben. Er setzte hinter Moniques Frage einfach einen Punkt, indem er ihn aufforderte, doch kurz seinen Lebensweg zu skizzieren. Nachdem er nichts Verdächtiges zu hören bekommen hatte, fuhr er fort mit seinen Erzählungen. Er beachtete Monique kaum und würdigte seinen Gast nur mit wenigen, dafür aber scharfen Blicken. Nach dem Dessert hatte Sebastian genug von diesem aufgeblasenen und selbstherrlichen Egozentriker. Seine Reisemüdigkeit war Vorwand genug, um sich glaubhaft zurückziehen zu können. Er gab Monique die Hand und drückte wieder drei Mal etwas kräftiger zu. Sie erwiderte den Druck, drei Mal. Ein Kopfnicken in Pablos Richtung und ein leises »Danke« sollten ihm gegenüber ausreichen. Pablo erwiderte das Kopfnicken kurz.

»Morgen früh, acht Uhr, nach dem Frühstück in meinem Büro. Lassen Sie sich vom Butler dorthin bringen, Doktor.«

# 9.

Die erste Nacht verbrachte Sebastian sehr unruhig. Er hatte Monique wiedergesehen. Er würde sie noch oft sehen können. Er hatte sein Ziel erreicht. Aber wie lange sollte er in diesem Traum, der Wirklichkeit geworden war, noch leben dürfen? Der Gedanke, seine Krankheit würde ihm alsbald einen Schlussstrich ziehen, zerrte an seiner Geduld. Nur durfte er jetzt keinen Fehler begehen, denn dann wäre alles aus. Er musste Pablos Behandlung und den Auftrag von Klaus, im Kloster behilflich zu sein, gut koordinieren. Mit Priorität musste er sich in der Anfangszeit Pablos Impotenz widmen und seine Besuche im Kloster mit Monique gut abstimmen, um keinen Verdacht zu erregen.

Pablo stand an einem der großen Fenster und schaute hinunter auf seine Plantagen, als Sebastian am nächsten Morgen das Büro betrat. Es war pompös mit alten englischen Möbeln eingerichtet. Die bis zur Decke reichenden Bücherregale wurden nur durch die großen Fotos aus Pablos Zeit als Hubschrauberpilot bei der chilenischen Luftwaffe unterbrochen. Der Schreibtisch stand in einer Ecke, ein langer Konferenztisch mittig im Raum. Sebastian betrachtete die Fotos, die Pablo in voller Montur in verschiedenen Hubschraubern zeigten. Pablo drehte sich zu ihm und bat ihn, am Tisch Platz zu nehmen. Sebastian bemerkte sofort, dass es seinem Gegenüber in seiner Haut nicht wohl war.

»Lassen Sie uns anfangen, Doktor. Ich will so schnell wie möglich Erfolge sehen.«

»Dann erzählen Sie mir bitte detailliert, wann und wie Sie Ihre Probleme festgestellt haben. Lassen Sie nichts aus, jeder Hinweis auch aus Ihrer Zeit als Pilot kann von Bedeutung sein«, sagte Sebastian selbstzufrieden, denn dieser Mann musste sich jetzt völlig vor ihm offenbaren. Er tat es, und schämte sich dabei. Sebastians bohrenden Fragen beantwortete er kleinlaut. Er wusste, dass er ihm gegenüber nicht den starken Mann spielen konnte. Sebastian erfuhr Details, die er niemals weiterverwenden durfte, wollte er am Leben bleiben. Er nutzte die Situation aus, durch eindringliches Fragen seine Position als Mitwisser von Pablos größten persönlichen Geheimnissen zu verfestigen. Pablo merkte nicht, dass er immer tiefer in die Kiste seiner persönlichen Peinlichkeiten griff. Am Schluss dieser Sitzung wusste Sebastian, dass Pablo als kleiner Junge mit seinen Eltern in ärmsten Verhältnissen gelebt hatte. Ein Europäer hatte ihn mehrere Male beim Fußballspielen mit seinen Freunden beobachtet. Eines Tages war er zu Besuch gekommen und hatte lange mit den Eltern des Jungen gesprochen. Erst später erfuhr Pablo, dass der Europäer seinen Eltern ein Angebot gemacht hatte, das sie nicht hatten ausschlagen können: Er wollte den Jungen zu sich nehmen, zur Schule schicken und ihm einen Berufsausbildung finanzieren, somit eine Zukunft bieten. Die einzige Bedingung war, dass der Junge keinen Kontakt mehr zu seinen Eltern unterhalten durfte. Die Eltern sahen eine Chance für ihren Sohn und akzeptierten. Der Europäer erfüllte alle seine Versprechen. Nur dass Pablo in dieser Zeit den pädophilen Exzessen dieses Europäers ausgesetzt war, erfuhren seine Eltern nie.

Als Sebastian ihm mitteilte, dass er wichtige Anhaltspunkte für eine Erfolg versprechende Fortführung der Untersuchung erhalten hatte, bedankte er sich. Sebastian hatte sein Vertrauen gewonnen. Und Pablo war voller Zuversicht. Dass aber letztlich kein einziges von Pablo ausgesprochenes Detail auch nur ansatzweise als Ursache seiner Impotenz angesehen werden konnte, verschwieg Sebastian ihm. Die nächste Sitzung setzte Pablo diktatorisch am darauffolgenden Tage zur gleichen Uhrzeit an. Sebastian hatte also den ganzen Nachmittag für sich – und Monique. Pablo hatte er informiert, dass er sich im Kloster umsehen und dabei die Hilfe von Monique in Anspruch nehmen würde. Da alles nach Plan und gemäß den gestern getroffenen Absprachen lief, kamen keine Einwände. Sebastian hatte das Gefühl, dass Pablo froh war, ihn bis zum nächsten Tag nicht zu sehen. Als er ihm dann mitteilte, er wolle Monique bitten, ihn zum Kloster zu begleiten, war Sebastian sich seiner richtigen Vorgehensweise sicher. Er wartete auf der Terrasse, ohne zu wissen, wie es genau weitergehen sollte. Er musste einen klaren Kopf bewahren und seine nächsten Schritte gut durchdenken. Seine Krankheit würde ihm nicht mehr viel Zeit lassen, das stand fest. In Monique hatte er sich offenbar verliebt und wollte mit ihr noch schöne Momente haben. Das war auch klar. Dann war da aber noch dieser hochgefährliche Mann, dem er es letztlich zu ›verdanken‹ hatte, an Monique überhaupt herankommen zu können. Je emotionaler er sich Monique nähern und Pablo dies erkennen würde, desto wahrscheinlicher würde sein plötzliches und unerklärliches

Verschwinden sein, auch darüber war er sich vollkommen im Klaren. Und schließlich war da noch Klaus, der Sebastian zwar geholfen hatte, in die Höhle des Löwen zu gelangen, ihm dafür im Gegenzug aber einen lebensgefährlichen Auftrag übertragen hatte. Sebastian war ratlos. Seine Möglichkeiten, die Entwicklung der Geschehnisse vorauszuahnen, waren mehr als spärlich. Er hatte noch keinerlei konkrete Anhaltspunkte. Aber egal was passieren würde, er hatte ja noch die ihm verbleibende Zeit. Aber Monique? Was würde aus ihr?

»Sebastian! Sie träumen, nicht wahr?«, fragte Monique nüchtern. »Kommen Sie, ich werde Ihnen den Weg zum Kloster zeigen und Sie der Mutter Oberin vorstellen. Und dann könnten Sie sich einen ersten Überblick in der Krankenstation verschaffen, nicht wahr?«, fügte sie mit lauter Stimme hinzu. Ein Augenzwinkern verriet Sebastian, dass wohl noch weitere – für ihn unsichtbare – Ohren zuhörten. Kaum waren sie vom Haus etwa fünfzig Meter entfernt, klärte ihn Monique auf. Das ganze Haus sei verwanzt. In einem im Keller eingerichteten Studio werde alles, was im Haus und auf der Terrasse gesprochen wird, mitgeschnitten, protokolliert und Pablo vorgelegt. Alle Zimmer würden per Video überwacht. Auch hier werde alles gefilmt und das, was Pablo interessant erschien, archiviert. Natürlich dachte Sebastian sofort daran, dass dieser Mistkerl die Verführung durch das Hausmädchen gefilmt hatte. Aber das würde eher für ihn sprechen, denn wenn er sich mit einem schönen Hausmädchen abgab, stellte er keine konkrete Gefahr als möglicher Liebhaber von Monique dar.

Noch vor dem Kloster bat ihn Monique, sie über die wahren Umstände seiner Anwesenheit zu informieren. Sebastian gab sich alle Mühe, ihr schnell und ohne Details zu erläutern, dass er sie unbedingt aus diesem goldenen Käfig herausholen wolle.

Das Kloster war ein einfacher, langgestreckter Bau, zwei Stockwerke hoch. Es ähnelte einer Soldatenunterkunft in einer Kaserne. Nur die weißen Wände verliehen dem Anwesen eine freundliche Ausstrahlung. Zwei Ordensschwestern hatten das Kommen von Monique und Sebastian beobachtet und die Erlaubnis erhalten, die beiden einzulassen. Sie öffneten das Klostertor aus dunkelbraun lackiertem Holz. Kaum hatte sich das Tor hinter ihnen geschlossen, bat Monique die zwei Schwestern, sie und Sebastian allein zu lassen. Monique drehte sich zu ihm und sah ihm in die Augen.

»Sebastian, was auch immer geschehen mag, das Schicksal, nein, mein Schicksal nimmt offensichtlich einen neuen Lauf. Was auch immer geschehen mag, wenn ich Pablo und diese Gegend hier in aller Freiheit verlassen könnte, würde ich dafür meine ganze Kraft einsetzen. Wenn Sie mir dabei helfen können und wollen, dann nehme ich Ihre Hilfe gerne an. Doch dann dürfen Sie nie und nimmer Pablo reizen oder Ihre Gefühle mir gegenüber zeigen. Dann nämlich wären Sie ein toter Mann. Haben Sie mich verstanden?«

»Natürlich habe ich Sie verstanden, Monique. Nur erlauben Sie mir eine Feststellung. Ich erlebe hier eine ganz andere Frau als vor Kurzem in Deutschland. Ich bin verwirrt.«

»Das müssen Sie nicht sein. Wenn ich Ihnen gegenüber keine einzige Regung zeige, dann bedeutet das nicht, dass es eine solche nicht gibt. Sebastian, Sie haben Pablo erzählt, Sie seien krank und hätten nicht mehr lange zu leben. Ich möchte nicht, dass Sie sich aufgeben und etwas Unüberlegtes tun, nur weil Ihr Leben ein frühzeitiges Ende nehmen wird und es Ihnen egal ist, ob Sie jetzt oder etwas später sterben. Verstehen Sie mich? Wenn ich so gefühllos Ihnen gegenüber reagiere, dann nur zu Ihrem und meinem Schutz.«

»Monique, ich bin gekommen, weil ich mir meinen letzten Wunsch erfüllen wollte. Und ich werde einen Weg finden, Sie von diesem Mann zu befreien.«
Kaum hatte er diese Worte ausgesprochen, erhielt Sebastian einen innigen Kuss auf die linke Wange. Ein Räuspern ließ sie aufschrecken. Die Oberin stand vor einer Seitentür, keine zehn Schritte von ihnen entfernt. Sie musste das Gespräch verfolgt haben. Monique war konfus, der Situation wegen. Sie wusste nicht, dass die Oberin und Sebastian ein Geheimnis verband.

»Guten Tag, Frau Vásquez. Und Sie, Sie müssen Doktor Schöneberg sein, richtig? Ich bin die Oberin dieses Klosters, wenn man es denn so nennen will. Kommen Sie beide mit, wir werden uns erst mal unterhalten. Dann zeige ich Ihnen, was Sie sehen sollten, Doktor!«
Sebastian empfand eine gewisse Sympathie für diese resolute, etwas zu korpulente Ordensfrau. Ihr Gesicht

war von Narben durchzogen. Ihre Hände zeigten keine Falten, trotz ihrer neunundsechzig Jahre. Aber Klaus hatte ihn vorgewarnt: Diese schon ältere Frau könne enorme Kräfte entwickeln, die keiner erwarte. Die Oberin erläuterte Sebastian die Geschichte des Klosters und dessen Entwicklung zu einer ersten Anlaufstelle für Gestrandete und Verzweifelte. Was genau diese Menschen zu ihrem Elend geführt habe, würde er noch selbst beim Rundgang feststellen. Ihre Worte klangen anklagend. Sie gab ihm einen Schlüssel, der an einem Lederriemen befestigt war. Mit dem Schlüssel würde er sämtliche Türen und Tore öffnen können. Und als Geschenk des Klosters überreichte sie ihm ein scharfes Messer mit einer zehn Zentimeter langen doppelschneidigen Klinge und einem ebenso langen geschnitzten Holzgriff. Sebastian solle das Messer immer bei sich tragen. Es würde ihm Glück bringen und sicherlich in vielen Situationen hilfreich sein.

# 10.

Manolita inspizierte ihren Hubschrauber, der in einer Erdhöhle unweit von Pablos Anwesen untergebracht war. Daneben stand ein weiterer Hubschrauber gleichen Typs. Es war Pablos persönlicher Hubschrauber, im Innenraum äußerst luxuriös ausgestattet. Niemand außer ihm selbst durfte diesen Hubschrauber fliegen. Manolita hatte die Fuglizenz in den Vereinigten Staaten erworben und als Lehrgangsbeste in Technik und Fliegen abgeschnitten. Sie war die einzige weibliche Teilnehmerin gewesen und hatte stets große Mühe gehabt, sich der plumpen Annäherungsversuche und der Anmache ihrer männlichen Mitstreiter zu erwehren. Einige unter ihnen hatten für sie nur beleidigende Äußerungen übrig, und so war sie erleichtert, als sie die Staaten wieder verlassen konnte. Ihre Jugend – wie auch die ihrer jüngeren Schwester – war geprägt von den Eskapaden ihres seit dem Tode ihrer Mutter permanent unter Alkohol stehenden Vaters. Sie war schon als kleines Mädchen sehr schön gewesen. Ihre Klassenlehrerin war damals ihre einzige Zuflucht. Manolita war noch zu jung und zu unerfahren, um spüren zu können, dass diese dem gleichen Geschlecht zugetan war. Ahnungslos ließ sie die Zärtlichkeiten ihrer Klassenlehrerin zu, weil sie sich so deren Zuneigung und Aufmerksamkeit sicher war.

Sie überprüfte gerade die Maschinengewehre, als eine ältere Frau schreiend auf sie zu rannte. Manolita erhob sich, ging ihr entgegen, hielt sie an den Schultern fest und herrschte sie an. Sie wollte den Grund des hysterischen Verhaltens dieser Frau wissen. Was Manolita hörte, ließ sie erschaudern. Sie nahm ihr Motorrad und fuhr wie eine Besessene zum Kloster. Mit einem gewaltigen Fußtritt öffnete sie die Tür der Krankenstation. Die Schwestern kannten Manolita und zeigten ihr wortlos den Weg. Hinter einem vom Boden bis zur Decke gespannten langen weißen Tuch lag ein junges, regungsloses Mädchen. Manolita nahm es in die Arme und drückte es fest an sich. Sie begann zu weinen und zu schreien.

# 11.

Die Oberin holte aus einer Schublade ihres Schreibtisches eine Landkarte und zeigte Sebastian den Standort des abgelegenen Klosters. Weit und breit war keine Ansiedlung zu sehen. Das Kloster und Pablos Anwesen waren nur aus der Luft erreichbar, oder zu Fuß, soweit ein Marsch von einigen Tagen durch unwegsames Gelände nicht abschreckte. Mit dem Auto bestand die Gefahr, in einem tiefen Schlagloch stecken zu bleiben. Dann zeigte sie ihm einen Plan des Klosters und erläuterte, wo er was vorfinden würde. Ihr Hinweis, dass auch dieses Kloster einige Geheimnisse verberge, ließ Sebastian aufhorchen. Die Oberin nahm seine Neugier und seinen fragenden Blick wahr, ließ sich aber zu keiner weiteren Offenbarung verleiten. Ein lauter Knall und das Geräusch splitternden Holzes schreckten sie auf. Was die Oberin aus dem Fenster sah, deutete auf Ärger hin. Sie befahl Monique und Sebastian, ihr zu folgen, aber keine Eigeninitiative zu ergreifen, egal, was sie sehen oder hören würden. Mit eiligen Schritten ging sie auf die Krankenstation zu. Die Schwestern dort standen wie erstarrt. Ihre Augen verrieten Angst. Auch die Kranken und Verletzten waren nicht zu hören, es herrschte eine gespenstische Ruhe, die nur durch ein leises Wimmern und kurze Schreie durchbrochen wurde. Die Oberin ging auf eine Schwester zu und flüsterte ihr etwas ins Ohr. Die Schwester flüsterte aufgeregt zurück. Mit einem Handzeichen gebot die Oberin in Richtung Monique und Sebastian, sich nicht von der Stelle zu rühren. Sie ging ein paar Schritte weiter und war hinter einem bis zur Decke gespannten langen weißen Tuch verschwunden. Dort sah sie Manolita auf dem Bett liegen, das regungslose junge Mädchen neben ihr, dessen Gesicht sie sanft immer und immer wieder streichelte. Die Oberin legte ihre Hand auf Manolitas Schulter, küsste ihr Haar und bekreuzigte sich, bevor sie zurückkam. Sie gab Monique und Sebastian ein Zeichen, ihr schweigend zu folgen.

»Irgendwie hatte ich es kommen sehen!«, sagte sie mit ernster Stimme. »Es ist Manolita, die weint. Sie weint und liegt neben ihrer regungslosen Partnerin. Dieses junge Mädchen wurde grausam und menschenverachtend vergewaltigt. Es sollen zwei von Pablos neuen Wachleuten gewesen sein, die nicht wussten, dass es sich um Manolitas Protegé handelte. Wer Manolita kennt, der weiß, dass diese Männer ihres Lebens nicht mehr froh werden. Warum duldet dein Mann diese Gräueltaten, Monique? Diese ständigen Vergewaltigungen und dieses grundlose Zusammenschlagen von Menschen! Das muss ein Ende finden!«

»Mutter Oberin!«, kam es heiser aus Sebastians Hals heraus. »Ich werde das Verhalten der Aufseher und Wachleute in das nächste Gespräch mit Pablo einbringen. Monique, bitte sagen Sie nichts zu Pablo. Es würde ihn nur reizen und er würde sich dann wieder aggressiv Ihnen gegenüber zeigen. Aber ich muss mehr über das wissen, was sich hier abspielt, Mutter Oberin. Sie hatten schon Andeutungen gemacht. Also zeigen Sie mir das, was ich sehen soll.«

Monique sagte kein Wort. Sie stand nur da und war angewidert. Sebastian nahm sie bei der Hand und beide folgten der Oberin. Sie zeigte Sebastian die Abteilung der Rauschgiftsüchtigen, die Abteilung der allgemein Erkrankten und die Abteilung der Misshandelten. Ein Stockwerk höher waren die Mädchen und Frauen untergebracht, die aus unterschiedlichen Gründen traumatisiert waren. Diese letzte Abteilung beherbergte auch die jungen Mädchen, die durch eine Vergewaltigung schwanger geworden waren. Um das Maß an Suiziden so gering wie möglich zu halten, wurde dieses obere Stockwerk von vier Schwestern rund um die Uhr betreut. Hinter dem Kloster befand sich der Friedhof. Er war in Sebastians Augen viel zu groß im Vergleich zu den wenigen Menschen, die er bislang auf den Feldern gesehen hatte. Stumm, allein per Handdruck verabschiedeten sich Monique und Sebastian von der Oberin und gingen zum Anwesen zurück. Monique nickte nur, als Sebastian ihr noch einmal zu verstehen gab, in ihrem eigenen Interesse Pablo gegenüber nichts von den Geschehnissen zu erwähnen. Sie sollte ihm eine Unpässlichkeit vortäuschen und versuchen, den Rest des Tages nicht in seine Nähe zu kommen.

# 12.

Das Gespräch mit Pablo am nächsten Morgen hatte für Sebastian nur das eine Ziel. Er wollte diesem Widerling vermitteln, dass die Wissenschaft und auch die Schulmedizin Impotenz auf psychische Ursachen zurückführt und auch davon ausgeht, dass sich Bilder von zusammengeschlagenen Menschen nachhaltig und unbewusst auswirken. Er musste nur den Dreh finden, beide Aussagen miteinander zu verbinden. Was er bislang gesehen hatte, ließ in ihm eine unbändige Wut aufkommen. Und als ihn der Gedanke, selbst in absehbarer Zeit nicht mehr unter den Lebenden zu weilen, wieder zermürbte, war ihm eines klar: Er musste unbedingt die noch ihm verbleibende Zeit mit Monique auskosten.

Pablo begrüßte Sebastian mit seiner gewohnten euphorischen Art. Er machte eine Bemerkung, dass sein Gast blass um die Augen und offenbar unausgeschlafen sei. Sebastians Erklärung, er hätte sich Gedanken über das weitere Procedere der Untersuchung gemacht, erfreute ihn. Regelrecht glücklich war er über Sebastians Ankündigung, nach den heutigen Gesprächen mit ihm und Monique sowie der morgigen körperlichen Untersuchung zu einem Teilergebnis kommen zu können. Sebastians Wunsch, das Gespräch mit Monique bei einem Spaziergang durch die Plantage zu führen, nickte er ab. Auch überzeugte es Pablo, dass Sebastians Tage sehr gut ausgefüllt seien, wenn er seiner sogenannten offiziellen Aufgabe als Arzt Folge leistete und sich auf der Krankenstation nützlich machte. Seine Absicht, ungehindert und unbeaufsichtigt wann und wo auch immer agieren zu können, hatte Sebastian umsetzen können.

Das Gespräch mit Pablo über die Zustände auf seiner Plantage lief wider Erwarten sehr gut. Er hörte interessiert zu, beantwortete Sebastians Fragen und wurde nachdenklich, als es um das Thema Menschenwürde ging. Sebastians erster Eindruck war, dass Pablo nicht genau wusste, was sich draußen auf den Feldern konkret abspielte. Pablo ging es offensichtlich allein um die Produktion und die Sicherheit. War beides nicht zu beanstanden, sah er auch keinen Grund, sich darum zu kümmern, wie seine Arbeitskräfte behandelt wurden. Verletzte gebe es immer, und dass die Leute auch ein wenig eingeschüchtert werden mussten, war für ihn eine Selbstverständlichkeit. Die entsprechenden Andeutungen von Monique und der Oberin sah er als typische Gefühlsduselei von Frauen an. Nur als Sebastian nachfragte, ob Manolita ihn auf das Verbrechen an ihrer Freundin angesprochen habe, wurde er nachdenklich, ja misstrauisch.

»Woher wissen Sie davon, Doktor?«

»Ich war zufällig im Kloster, als ich davon hörte und Ihre Pilotin sah.«

»Ich weiß von der Geschichte. Sie hätte nicht passieren dürfen, aber die Welt geht davon nicht unter. Manolita wird ein anderes junges Ding für ihre Späßchen finden. Was ihren Job betrifft, habe ich sie durch Juan ersetzen lassen, denn so wie man mir berichtet hat, scheint sie nicht ganz in Ordnung zu sein. Ich brauche aber zuverlässige Mitarbeiter um mich herum. Es ist nur eine Frage der Zeit und sie wird wieder die Nummer Eins unter meinen Piloten sein.«

»Wissen Sie, Pablo, das ist ein weiteres gutes Beispiel, wie sich ein Fakt unbewusst aber nachhaltig als Belastung entwickeln kann. Sehen Sie, Sie haben doch wegen dieses Vorfalls Dispositionen treffen müssen, die Sie ansonsten nicht hätten treffen müssen. Sie haben sich also mit dieser abscheulichen Tat auseinandergesetzt und Konsequenzen ziehen müssen, in diesem konkreten Fall die Ernennung Juans zum neuen Chefpiloten. Was meinen Sie würde passieren, wenn Sie sich auch wegen der Gewalttaten der Zuverlässigkeit Ihrer Arbeitskräfte nicht mehr sicher sein könnten? Und was wäre, wenn Sie Ihren Geschäftspartnern nicht mehr erwartungsgemäß wie gewohnt liefern könnten? Wie würden Ihre Abnehmer reagieren? Vielleicht einen anderen Produzenten suchen? Sie sagten mir doch, Sie produzieren hochwertige Erzeugnisse. Was sind das eigentlich für Erzeugnisse?«

»Doktor, beschränken Sie sich auf das uns beide interessierende Problem!«, erwiderte Pablo schroff. »Ich sehe hier keinen Anlass, irgendetwas zu ändern. Wir sehen uns dann morgen. Auf Wiedersehen, Doktor!«

Sebastian ging zunächst eiligen Schrittes zum Kloster, sein offener weißer Kittel wehte im Wind. Sein Weg führte ihn direkt zur Oberin. Sie gab ihm ein Glas Wasser und bat, nun doch etwas über sich zu erzählen. Er sah noch keinen Anlass, mit ihr über den geheimen Auftrag zu sprechen, und so erzählte Sebastian über sein Leben und seine Krankheit, die seinem Leben bald ein Ende setzen würde. Die Oberin stand auf und stellte sich hinter ihn. Sie befahl ihm, seinen Kittel und das Hemd auszuziehen. Sie beugte sich herunter und inspizierte seinen Rücken.

»Es sieht schlimm aus, Doktor. So etwas habe ich noch nicht gesehen. Aber merkwürdig ist doch, dass die wuchernden Melanome nur an einer Stelle konzentriert auf dem Rücken aufgetreten sind. Ziehen Sie nur Ihr Hemd wieder an und kommen Sie mit.«

Sebastian war irritiert und folgte ihr schweigend in die Küche. Sie nahm zwei Feldflaschen, füllte sie mit Wasser und verzurrte ihre Kutte etwas höher. Dann zog sie sich ein paar Stiefel an, nahm zwei Plastikmäntel aus einem Wandschrank und gab ihm ein Zeichen, ihr zu folgen. Sie verließen das Kloster und kletterten einen Hügel hinauf. Dann ging es in ein kleines Tal hinunter und den nächsten Hügel wieder hinauf. Der beschwerliche Weg schien kein Ende zu nehmen. Nach gut einer dreiviertel Stunde hielt sie vor einer mannshohen Höhle, die so tief war, dass man das Ende nicht sehen konnte. Was Sebastian aber mehr beeindruckte, war der intensive Schwefelgeruch. Als sie die Mäntel angezogen hatten, beschwor ihn die Oberin, dicht hinter ihr zu bleiben, damit er sich in den Höhlengängen nicht verlor. Vor ihnen öffnete sich ein Labyrinth schmaler, zum Teil tiefer Gassen. Im Lichtkegel ihrer Taschenlampe führte sie Sebastian zielsicher immer tiefer in das Erdinnere. Die wiederkehrenden Zeichen aus drei Steinen am Boden jeder Abzweigung verrieten ihm, dass die Oberin nicht das erste Mal diesen Weg ging. Sebastians Nase hatte sich an den Schwefelgeruch etwas gewöhnt, denn er spürte nicht mehr die ätzende Luft wie zu Beginn der ›Höhlenwanderung‹. Sie erreichten eine Plattform, die nicht größer als ein Ehebett war. Mittendrin eine winzige Stelle, aus der heißes Schwefelgas entwich.

»Doktor, der Schwefel hier ist nicht sehr hoch konzentriert. Er wird wohl vom Gestein gefiltert, bevor er hier austritt. Ich habe die Nutzung von Schwefeldunst gegen Hautkrankheiten in Südspanien kennengelernt. Dort gibt es eine große Quelle. Die Heilwirkung war bei vielen erkrankten Menschen enorm. Wenn Sie überhaupt noch eine Chance haben und dem schwarzen Kapuzenmann mit der Sense sehr viel später begegnen wollen, dann müssen Sie täglich hierherkommen und sich therapieren. Ich werde Ihnen erklären und zeigen, was Sie tun müssen. Besorgen Sie sich eine Taschenlampe, und dann müssen Sie sich in den Gängen der Höhle von Steinhaufen zu Steinhaufen vortasten. Sie liegen beim Hineingehen stets links, der größte Stein zeigt die Richtung an, die Sie einschlagen müssen. Und wenn Sie die Höhle verlassen wollen, dann folgen Sie wieder den Steinen.«

Sebastian sah sie skeptisch an, aber was sie sagte, war für ihn wie der Strohhalm im Meer für einen Schiffbrüchigen. Noch nie hatte er von der Heilkraft von Schwefeldämpfen oder ähnlichen Heilmethoden gehört. Aber er erinnerte sich, im Rahmen seiner Internet-Recherchen gelesen zu haben, dass Schwefelwasserstoff in Erdgasen aufbereitet und für die Behandlung von Hautekzemen verwendet wird.

Die Oberin zeigte ihm einen runden Stein, den er in die unmittelbare Nähe des Dampfes rollen müsse. Darauf könne er sich setzen, aber komplett ausgezogen. Den Dampf müsse er so lange wie möglich aushalten. Eine Sitzung sollte aber nicht länger als eine halbe Stunde dauern.

# 13.

Manolita brauchte nicht lange, um herauszufinden, wer die zwei Vergewaltiger waren. Sie wollte sich aber etwas Zeit lassen, um ihren Racheplan durchzuführen. Zwei Tage waren seit ihrem Entschluss vergangen, als sie die Übeltäter wiedersah. Sie hielten sich in der Nähe des Hubschrauberhangars auf.

»Hallo, Jungs! Der Chef hat einen Eilauftrag für euch. Ihr sollt von einem hohen Berg beobachten, ob Polizei oder Armee im Anmarsch sind. Kontakt nur per Funk. Also, rein in den Hubschrauber. Ihr werdet in drei Stunden abgelöst.«

Der Respekt vor der Chefpilotin verbot es den beiden Männern, Rückfragen zu stellen. Auch waren sie bislang noch nie in einem Hubschrauber geflogen und freuten sich über den Sonderauftrag. Eilig stiegen sie in die Maschine und schnallten sich an. Das hämische Grinsen von Manolita konnten sie nicht sehen. Manolita landete eine viertel Stunde später auf einer winzigen Plattform auf dem höchsten Gipfel der von dem Anwesen aus sichtbaren Bergkette. Es war ein Meisterstück. Andere Piloten hätten diese waghalsige Landung abgelehnt, denn ringsherum fiel der Abgrund steil herab. Die zwei Wachleute waren von dem Flug so begeistert, dass ihnen die große Entfernung zum Anwesen nicht auffiel. Als sie ausgestiegen waren, bemerkten sie, dass sie sehr wenig Platz hatten und von der Plattform nicht absteigen konnten. Die Temperaturen waren eisig. Manolita zog ihre Pistole und schoss mehrmals in die Luft. Sie forderte die Wachleute auf, ihre Waffen in den Abgrund zu werfen. Dann befahl sie ihnen, sich mit Handschellen an den Händen und den Füßen zu fesseln. Manolita fixierte sie, ihr Gesicht war verzerrt.

»Ihr habt mein Mädel vergewaltigt. Ihr seid so lange über sie hergefallen, bis sie das Bewusstsein verloren hat. Ihr habt sie bis zu ihrem letzten Lebenshauch gequält und euren Spaß dabei gehabt. Wer hat euch das Recht dazu gegeben? Wer hat euch das Recht gegeben, einen Menschen zu Tode zu quälen? Ihr wisst es nicht? Ich weiß es auch nicht. Aber ich weiß auch nicht, wer mir das Recht verweigern sollte, euch hier oben allein zu lassen. Also, Jungs, macht es gut!«

Manolita stieg in den Hubschrauber und hob ab.

# 14.

Immer wenn er es einrichten konnte, war Sebastian in der Höhle. Er brauchte etwas mehr als zwei Stunden, um dort hinzugelangen, sich zu therapieren und den Rückweg bis ins Kloster zu bewerkstelligen. Seine Aktivitäten in der Krankenstation des Klosters, seine Fähigkeiten und Erfolge hatten sich zwischenzeitlich herumgesprochen. Seine ›Legende‹ stand nach nur wenigen Tagen. Jetzt war der Zeitpunkt gekommen, seinem ursprünglichen Ansinnen zum Erfolg zu verhelfen.

Sebastian fand Monique im Salon, sie las in einem Buch. Sie hob den Kopf und lächelte ihn an.

»Hallo, Doktor! Ein spannendes und interessantes Buch, Sie sollten es lesen. Es handelt von einer jungen Deutschen, die in Marokko ein Abenteuer erlebt. *Zimt auf deiner Haut* heißt es. Ich hoffe, es noch vor meiner Abreise zu Ende gelesen zu haben. Dann könnten Sie es haben.«

»Sie verreisen?«, fragte er überrascht.

»Ja! Morgen geht es schon los, nach Deutschland. Aber es ist nur eine kurze Reise. Ich komme in drei Tagen wieder zurück.«

Ihre Unterhaltung wurde unterbrochen. Pablo gesellte sich zu ihnen und übernahm wie immer die Gesprächsführung. Überwiegend monologisierte er über sich oder über seine politischen und wirtschaftlichen Ansichten. Ganz nebenbei erwähnte er, dass Monique für einige wenige Tage nach Deutschland fliegen würde und bot Sebastian großzügig an, Monique doch etwas mitzugeben, sollte er Verwandten oder Freunden ein Geschenk machen wollen. Pablo wusste nur zu gut, dass Sebastian bislang keine Möglichkeit gehabt hatte, irgendwelche Souvenirs oder Geschenke zu kaufen. Wie ein Narziss aalte sich Pablo in seiner vermeintlich unwiderstehlichen Aura. Er war so sehr von sich selbst überzeugt, dass er die augenfällige Lächerlichkeit seiner Person nicht ansatzweise wahrnahm. Als er Sebastian bat, ihn mit Monique allein zu lassen, weil er noch einige Reisedetails mit ihr zu besprechen habe, war Sebastians Zorn grenzenlos. Nur konnte er nichts davon herauslassen, denn das hätte für ihn fatale Folgen gehabt.

# 15.

Klaus hatte schon von Anbeginn der Operation Angst um Sebastian gehabt. Nur das penetrante Insistieren seines Freundes hatte ihn bewogen, den Plan weiter zu verfolgen. In seiner Behörde waren lediglich seine Assistenten und seine obersten Vorgesetzten informiert. Mit den Abteilungsleitern der chilenischen und auch der amerikanischen Anti-Drogen-Behörde hatte er eine offene und konstruktive Zusammenarbeit vereinbart. Seitens der zuständigen Bundesministerien war ihm volle logistische und personelle Unterstützung zugesagt worden. Auch von allen weiteren beteiligten Behörden hatte er die Zusage uneingeschränkter Unterstützung erhalten, denn es ging um die Zerschlagung eines der größten Rauschgiftringe der Welt. Klaus saß an seinem Schreibtisch. Der Vermerk über den Einsatz, den er für das Bundesinnenministerium schreiben musste, bereitete ihm Kopfzerbrechen. Einerseits musste er berichten, andererseits durfte er aber keine Namen, keine wichtigen Einsatzdetails und keine Abläufe aufführen, denn die Sicherheit der Beteiligten hatte absolute Priorität. Als sein rotes Tischtelefon klingelte, zuckte er zusammen. Dieses Telefon war ausschließlich für die Verbindung zur Einsatzzentrale bestimmt, und wenn es denn mal schrillte, dann war meistens Aktionismus angesagt.

»Klaus, hier spricht der Einsatzleiter. Für Frau Monique Vásquez wurde ein Flug von Chile nach Deutschland gebucht. Sie landet morgen in Frankfurt, um zehn Uhr, und hält sich wie gewöhnlich dort nur einen Tag auf. Ende.«

Klaus wusste, was er nun zu tun hatte. Er stellte einen Einsatzbefehl für eine lückenlose Überwachung der Person Monique Vásquez aus und leitete ihn persönlich an die Einsatzzentrale weiter. Er selbst wollte den ersten Kontakt zu der Person herstellen, vier Beamte sollten sich stets im Hintergrund zu seiner Verfügung halten und auf die verabredeten Befehle warten.

Nach der Landung in Frankfurt stieg Monique am Flughafen in ein Taxi und ließ sich zur ›Lounge‹ fahren, wo sich wie immer nur wenige Gäste eingefunden hatten. Sie steuerte auf die Theke zu und bestellte einen frisch gepressten Orangensaft. Ihr kleiner Koffer aus Schlangenhaut, den sie mit sich trug, war mit einer dünnen goldenen Kette an ihrem Handgelenk gesichert, die sie nun löste und am Umlauf der Theke befestigte. Als sie das Glas ausgetrunken hatte, wollte sie mit einem Zehn-Dollar-Schein bezahlen. Der Barkeeper winkte ab und bat, doch in Euro zu zahlen. Genau in diesem Moment trat ein kräftiger, gut gekleideter Mann an Moniques Seite. Der Barkeeper zuckte überrascht und nervös leicht zusammen.

»Guten Tag, Frau Vásquez! Mein Name ist Klaus Müller und ich vertrete eine deutsche Sicherheitsbehörde. Ich möchte Sie um ein Gespräch bitten, in meinem Büro. Es ist wichtig, und ich garantiere Ihnen, dass Sie Ihr Flugzeug nach Chile rechtzeitig erreichen werden. Bitte begleiten Sie mich.«

Monique prüfte den Dienstausweis sehr genau und wusste sofort, dass sie keine Chance hatte, das Gespräch zu umgehen. Von zwei Tischen im hinteren Teil der Bar standen jeweils zwei Männer auf. Zwei von ihnen forderten die noch verbliebenen drei Gäste auf, die Bar unverzüglich zu verlassen. Als der Hinweis kam, sie müssten den Verzehr nicht bezahlen, fügten sie sich der Aufforderung desto williger. Klaus bat Monique, ihm den Aktenkoffer zu übergeben und ihm zu folgen. Sie waren kaum auf dem Gehweg, als eine schwarze Limousine mit abgetönten Scheiben vor ihnen hielt. Bevor sie einstiegen, konnte Monique noch beobachten, wie einer der Männer aus der Bar die Eingangstür versiegelte. Daneben standen eng beieinander die anderen drei Männer, der Barkeeper in Handschellen in ihrer Mitte.

»Frau Vásquez, ich möchte Ihnen ein Angebot unterbreiten, das Sie - wenn Sie vernünftig sind - nicht ausschlagen können. Sie werden erkennen, dass Sie nur noch die Möglichkeit einer Kooperation mit uns haben. Eine sorglose Zukunft und völlige Straffreiheit seitens der deutschen, der chilenischen und auch der amerikanischen Behörden sichere ich Ihnen für den Fall ihrer uneingeschränkten Mithilfe schriftlich zu«, sagte Klaus mit einer sanften und gutväterlichen Stimme.

Monique hörte schweigend zu, während Klaus die Ergebnisse der Ermittlungen vortrug und ihr eindeutige Beweise für die Verbrechen ihres Mannes vorlegte. Monique erkannte sehr schnell ihre Lage und dass sie sich nur noch retten konnte, indem sie kollaborierte.

»Herr Müller, ich akzeptiere. Sobald ich die schriftlichen Zusagen habe, sage ich Ihnen, was ich weiß.«

»Frau Vásquez, wir haben diese Operation natürlich geplant und sind von Ihrer Mitwirkung ausgegangen.

Wir haben Entsprechendes bereits vorbereitet. Daher kann ich Ihnen diese von der deutschen und der chilenischen Justizbehörde ausgestellten Dokumente überreichen. Und des Weiteren die Straffreiheitserklärung der Botschaft der Vereinigten Staaten. Zu Ihrer Sicherheit werden die drei Dokumente hier bei mir aufbewahrt. Denn wenn Ihr Mann sie finden sollte, sind Sie tot. Es liegt nun an Ihnen, uns alles zu erzählen, was Sie wissen. Am besten fangen Sie mit dem an, was Ihre Rolle betrifft. Bitte!«

»Natürlich weiß ich, was auf unserem Anwesen passiert. Aber Details über die Produktionsabläufe und den Transport kenne ich nicht. Mein Mann hat mir nie die Gelegenheit gegeben, etwas zu erfahren. Ich wurde vor allem Geschäftlichen abgeschirmt. Meine Rolle bestand lediglich darin, immer wieder nach New York oder Frankfurt zu fliegen und dort an einer bestimmten Stelle den Aktenkoffer abzustellen. Ich weiß nur, dass die Koffer eine außerordentliche Bedeutung haben müssen. Mein Mann hat mir mit dem Tode gedroht, sollte ich einen Koffer jemals verlieren. Unmittelbar nach der Übergabe musste ich immer sofort wieder nach Chile zurück.«

»Frau Vásquez, wissen Sie wirklich nicht, was es mit den Aktenkoffern auf sich hat?«

»Nein!«

»Dann will ich Ihnen das gerne sagen. Fast die gesamte Kokain-Produktion Ihres Mannes wird nach Kolumbien verbracht. Die kolumbianischen Drogenkartelle schaffen es immer wieder, mit unauffälligen Drogenkurieren und auf fantasiereichen Transportwegen die

Zoll- und Drogenbekämpfungsbehörden in aller Welt zu überlisten. Der weltweite Transportapparat wird ausschließlich von den Kolumbianern beherrscht. Und das macht sich Ihr Mann zunutze. Er hat mit den Kartellen ein Abkommen geschlossen, dass er ihnen seine gesamte Produktion überlässt. Die Kartelle übernehmen den weltweiten Verkauf und profitieren davon, dass kein zusätzlicher Drogenanbieter ihnen den Markt streitig macht. Das von Ihrem Mann produzierte Kokain ist zu hundert Prozent rein, reiner geht es nicht! Daher erzielt er horrende Summen aus dem Verkauf an die Kolumbianer.«

»Das alles wusste ich nicht. Aber was hat es nun mit den Aktenkoffern auf sich, Herr Müller?«

»Die Kartelle haben Ihrem Mann eine kleine Menge Kokain zum Eigenverbrauch bewilligt. Die Kartelle wissen aber nicht, dass Ihr Mann im Monat im Durchschnitt ein Kilo Kokain zurückbehält und selbst vermarktet, und zwar über Sie, Frau Vásquez!«

»Wie soll ich das verstehen? Bezichtigen Sie mich jetzt des Drogenschmuggels?«

»Wenn Sie so wollen, ja! Nur wussten Sie es augenscheinlich nicht. Die Aktenkoffer selbst sind aus purem Kokain. Das Kokain wird zunächst verflüssigt und anschließend mit Gießharz und Glasfaser in einem aufwendigen Verfahren gehärtet und in Formen gebracht. Die Einzelformen werden dann zusammengefügt, bis ein unverdächtiger Aktenkoffer entstanden ist. Am Zielort erfolgt dann wieder die Umwandlung. Dieser Koffer hier hat einen Schwarzmarktwert von zirka zweihunderttausend Euro. Unzählige Menschen bringen diese Summe wie auch immer auf und werden nach dem Konsum zu armen Kreaturen!«

»Gut, Herr Müller! Ich helfe Ihnen mit allen Mitteln, die mir zur Verfügung stehen. Wie soll es nun weitergehen? Mein Flugzeug startet in zwei Stunden.«

»Wir brauchen unbedingt noch ein paar Angaben über die Sicherheitsvorkehrungen in Ihrem Haus und über mögliche, eventuell uns noch nicht bekannte Fluchtwege. Mehr müssen Sie von sich aus nicht unternehmen. Sie werden in Chile von einer unserer Agentinnen, die ganz in Ihrer Nähe wohnt, geführt. Seien Sie nicht überrascht, denn sie ist Ihnen nicht unbekannt! Die Agentin wird Sie anweisen. Und wenn Sie fürs Erste noch nicht wissen, wie wir vorgehen werden und was wir vorhaben, so ist das nur von Vorteil.«

»Und wie erkenne ich sie, diese Agentin?«

»Ganz einfach. Unsere Agentin wird sich Ihnen mit den Worten ›Nur die Toten kehren nicht zurück‹ zu erkennen geben und dabei beide Hände auf Ihre Schultern legen. Sie aber, Frau Vásquez, dürfen dann vor Schreck oder Erstaunen nicht zusammenzucken, wenn Sie diese Worte hören. Sie dürfen kein Zeichen geben, keine andere Stimmlage einnehmen und Ihr Verhalten gegenüber dieser Person nicht verändern. Sie, Frau Vásquez, sind jetzt der Schlüssel, der die Tür öffnen kann. Eine falsche Reaktion oder ein falsches Wort von Ihnen, und ich gebe keinen Pfifferling für Ihr Leben. Haben Sie das verstanden, Frau Vásquez?«

# 16.

Klaus begleitete Monique bis zum Abflugschalter und sah dieser attraktiven Frau noch lange nach. Er konnte seinen Freund Sebastian jetzt gut verstehen und war froh, sich nicht verplappert zu haben, was Sebastian anbelangte. Er fuhr vom Flughafen direkt zum amerikanischen Generalkonsulat. Nach einer kurzen Personenüberprüfung und der Nennung des Namens seines Gesprächspartners wurde er von einem Sicherheitsbeamten in den Keller begleitet. Vor einer Gittertür musste er sich erneut ausweisen. Als sich die schwere Tür einen Spalt öffnete, schlüpfte er hindurch und wurde von einem weiteren Sicherheitsbeamten bis zum Ende des Flurs eskortiert. Der Beamte hielt seine Hand gegen ein in die Wand eingelassenes Lesegerät. Die Tür öffnete sich und Klaus wurde freundlich von seinem amerikanischen Kontaktmann der DEA, Mister John Smith, begrüßt. Beide setzten sich an einen kleinen runden Tisch inmitten lauter elektronischer Geräte und unzähliger Monitore. In dem Raum befanden sich sieben junge Männer und ebenso viele junge Frauen. Sie waren alle äußerst durchtrainiert und schienen ihre Aufgaben an den Schaltpulten, Zifferblättern und Tastaturen kompetent zu erledigen. Klaus zeigte seinem Gesprächspartner die nun auch von Monique unterschriebene Straffreiheitserklärung. John öffnete daraufhin eine Akte und besprach mit Klaus weitere Einzelheiten über den minutiös geplanten Einsatz in Chile. Eine ihrer Hauptsorgen war, dass Monique und Sebastian heil aus der Sache herauskamen. Als sie ihre Besprechung beendet hatten, fuhren sie zusammen zum chilenischen Generalkonsulat und trafen sich dort mit einem entscheidungsbefugten Beamten aus dem chilenischen Justizministerium. Zu dritt wurden die Vorgehensweisen, der berühmte Plan A und der noch berühmtere Plan B, durchgesprochen.

Der chilenische Justizbeamte erfuhr aber nur das Notwendigste. Weder Klaus noch John hatten Vertrauen in diesen Mann, denn sie wussten nicht, inwieweit er gegebenenfalls schon ›gekauft‹ war. Schließlich war er ihnen als Gesprächspartner einfach vorgesetzt worden, und sie hatten sich damit zufriedengeben müssen. Der Chilene übergab ihnen eine in Spanisch abgefasste Bescheinigung, aus der hervorging, dass jede Behörde, insbesondere Polizei und Armee, ihnen uneingeschränkt behilflich zu sein hatte. Drei Tage später trafen sich John und Klaus am Flughafen und fuhren mit einem Armeejeep zur abgesperrten Zone für die amerikanischen Streitkräfte. Nach wenigen Kontrollen bestiegen sie einen Jet der US Air Force, in dem bereits dreißig dunkelhäutige Soldaten in schwarzen Uniformen saßen. Klaus fiel sofort auf, dass die drahtigen Männer nicht sehr groß waren, so wie er es sonst von US-Soldaten kannte. Es handelte sich um eine Elitegruppe aus wendigen, kräftigen und für Sondereinsätze ausgebildeten Einzelkämpfern, wie er nach der Begrüßung erfuhr. Sie sollte die Operation mit ihm und John durchführen. Die Maschine landete zuerst in Madrid und wurde aufgetankt. Gleiches spielte sich nach der Überquerung des Atlantischen Ozeans in Brasília ab.

Sofort nach dem Start dort und während des gesamten Flugs über die Anden durchlitt Klaus angesichts der Turbulenzen höchst unangenehme Momente. Erleichtert vernahm er kurz vor der Landung die Stimme des Piloten, als dieser durchgab, dass die Landepiste sehr kurz und vor Jahrzehnten das letzte Mal ausgebessert worden sei. Alle Passagiere sollten sich fest anschnallen, den Kopf auf den Vordersitz pressen und sich mit den Beinen abstützen. Als die Räder auf dem unebenen Boden aufsetzten, dachte Klaus, sein letztes Stündlein hätte geschlagen.

# 17.

Pablo saß wie immer an seinem Schreibtisch. Kaum hatte er Sebastian erblickt, überzog ein Lächeln sein ganzes Gesicht. Seine Augen blinzelten.

»Nun, Doktor? Wie sieht es aus?«

Sebastian wusste, dass diese Frage irgendwann kommen musste. Pablo wollte Ergebnisse. Und Sebastian? Sebastian wollte Zeit, viel Zeit gewinnen.

»Pablo, ich möchte noch eine Blutuntersuchung durchführen. Das ist sehr wichtig, um mögliche Organschäden auszuschließen. Das Labor im Keller ist aber dafür nicht ausgestattet. Ich möchte Ihnen das Blut abnehmen und persönlich in ein medizinisches Labor in die nächstgrößere Stadt, ich glaube das ist Concepción, bringen. Da ich mich nicht auskenne, müsste ich von einer Vertrauensperson begleitet werden, und das kann nur Ihre Frau Monique sein. Ich gehe davon aus, dass Sie in Concepción Freunde haben, die uns behilflich sein könnten, nicht wahr?«

Die Rechnung ging auf. Pablo dachte nicht mehr an seine Frau, die Sebastian begleiten sollte, sondern an seine Freunde in Concepción.

»Doktor, Sie werden mit Monique nach Concepción fliegen und sich dort bei Miguel melden. Miguel ist ein sehr einflussreicher Mann und Besitzer der exklusivsten Nachtbar in Chile. Dort trifft sich die Geldelite des Landes. Lauter verrückte Menschen. Aber passen Sie auf Monique auf. Keiner außer Ihnen und Miguel darf mit ihr sprechen, tanzen oder sonst wie kommunizieren. Haben Sie mich verstanden, Doktor?«

Unmittelbar nachdem Pablo Blut abgenommen und in einem gekühlten Sonderbehälter verstaut worden war, sollte der Hubschrauber starten. Die Oberin verabschiedete die Reisenden. Sie segnete Manolita, streichelte ihre Hand, nahm sie in die Arme. Keiner bemerkte, wie sie Manolita dabei etwas ins Ohr raunte. Monique saß vorne, neben Manolita. Die beiden hübschen, aber so unterschiedlichen Frauen gaben ein schönes Bild ab. Sebastian bemerkte, wie Manolita ihre Nachbarin aus den Augenwinkeln beäugte. Ihre Blicke gefielen ihm nicht, konnten sie doch nicht verbergen, welche genüsslichen Vorstellungen Manolita hegte. Monique muss wohl die Intensität seiner Blicke gespürt haben. Sie drehte sich zu ihm um, sah sein fragendes Gesicht und lächelte. Sie zwinkerte ihm kurz zu. Bald waren sie am Ziel und erreichten die kurze Landepiste, die Sebastian schon vom Hinflug her kannte. Manolita verabschiedete sich nur knapp mit einem Wink und beschäftigte sich dann mit ihrer Pistole. Monique und Sebastian stiegen um in Pedros Privatjet nach Concepción. Kaum war der Jet an seinem Ziel zum Stillstand gekommen, fuhren zwei schwere Geländewagen mit getönten Scheiben auf sie zu. Ein kleiner, dicker Mann in einem schneeweißen Maßanzug stieg aus und ging auf Monique zu. Er begrüßte sie überschwänglich herzlich, dennoch mit höflichem Respekt. Sebastian gab er die Hand und stellte sich als Miguel vor. Kaum saßen sie in dem ersten Wagen, gab Miguel den von Pablo per Telefon diktierten Ablauf des Aufenthaltes vor.

»Monique, ich werde zunächst dem Doktor ein Entree beim Leiter des Labors verschaffen. Dann begleiten

Sie und der Doktor mich ins ›Privatissime‹, wie Sie wissen, eines meiner schönsten Etablissements. Ich habe für Sie die Edelsuite vorgesehen, für den Doktor die Juniorsuite eine Etage tiefer. Die Bar steht Ihnen zur Verfügung und das gesamte Personal wird Ihnen jeden Wunsch erfüllen.«

Monique hatte sich kurz frisch machen und umziehen wollen. Sie sah verführerisch aus, als sie zurückkam. Sie trug ein sehr kurzes und tief dekolletiertes Kleid aus rotem Seidensatin. Der Rückenausschnitt reichte bis zur Hüfte. Sebastian war verzaubert, aber nicht überrascht. Monique hatte ihn vorgewarnt, dass sie ihren ganzen Frust immer im ›Privatissimo‹ ausleben würde, wenn sie denn mal das Glück hatte, hierher zu kommen. Sie wollte sich nur frei fühlen und Anerkennung von anderen holen. Das seien immer die Essenzen gewesen, um eine weitere Zeit mit Pablo aushalten zu können. Miguel war einer ihrer entfernten Cousins und hütete sich, Pablo auch nur ein Wort von den gewagten Auftritten seiner Frau zu erzählen. Hauptsache, Monique würde unversehrt wieder zurückfliegen.

Auch Sebastian fühlte sich wohl, in seinem aufgebügelten Anzug. Sie standen zu zweit an der Bar und delektierten sie an einem Gin Fizz. Monique fragte ihn, ob er Lust habe zu tanzen. Kaum hatte Sebastian genickt, nahm sie seine Hand und führte ihn auf die Tanzfläche. Junge hübsche Mädchen und gutaussehende junge Männer tanzten schwungvoll nach überwiegend lateinamerikanischer Musik. Sebastian hielt mit, so gut er konnte. Nach dem vierten Tanz gab er Monique einen

Kuss auf die Wange und bat sie, alleine weiterzutanzen, für ihn. Sie nickte nur kurz und gab sich der Musik voll hin. Von ihren erotischen Bewegungen wurden auch die anderen allein tanzenden jungen Mädchen angezogen, die sich um sie herum sammelten und sie aus der Mitte nicht mehr freigeben wollten. Als Sebastian ein junges Luder wahrnahm, das sich an Monique heranmachte, holte er sie gewaltsam von der Tanzfläche. Monique ließ es zu, denn sie war erschöpft.

»Sebastian, Promiskuität ist hier normal, sonst darf man solche Etablissements nicht besuchen. Wer hier herkommt, weiß, dass er gefragt wird und selbst fragen darf. Und Hetero-, Bi- oder Homosexualität spielt keine Rolle. Hauptsache, man hat Spaß an einem Abenteuer ohne weitere Verpflichtung! Aber alles darf nur auf der Basis der Freiwilligkeit passieren. Und welcher Mensch ist nicht neugierig und möchte nicht mal etwas ›Verbotenes‹ tun?«

»Monique, wie passt das alles zusammen? Wie kann Pablo so etwas akzeptieren?«

»Sebastian, Pablo hat für das hier kein Interesse und er weiß, dass ich auch hier wohl behütet bin. Er denkt nur an sich, an seine Ehre insbesondere bei seinen Partnern und an sein Geschäft.«

»Aber Monique, er weiß doch, dass du hier im ›Privatissimo‹ Gefahr läufst, von Männern angesprochen zu werden.«

»Ja, natürlich! Er weiß aber auch, dass ich niemals mit einem fremden Mann anbändeln würde. Er hat auch hier überall Spione. Er hat aber nichts dagegen, wenn ich mit Mädchen oder Frauen Sex habe. Wie zu Hause mit meinem Zimmermädchen. Er kann ja nicht. Hauptsache für ihn ist, dass ich mit keinem anderen Mann schlafe! Und inzwischen habe ich auch an Frauen Gefallen gefunden. Und damit nun alles gesagt ist: Natürlich sind mir Manolitas Blicke nicht entgangen. Auch ich würde sehr gerne mit ihr schlafen, denn sie zieht mich mit ihrem ganzen Wesen an. Aber hierfür ist noch Zeit. Ich brauche sie sicherlich noch, später.«

Diese offenen Worte hatten Sebastian verwirrt und er war nachdenklich geworden. Welche Rolle spielte er denn noch für Monique? Benutzte sie ihn vielleicht nur, um sich von Pablo - auf welche Weise auch immer - trennen zu können? Wie waren also ihre Andeutungen, was sie und ihn betraf, zu verstehen?

Sie standen mit dem Rücken an der Bar und schauten dem Treiben auf der Tanzfläche zu. Aus dessen Mitte lösten sich zwei braungebrannte junge Mädchen. Ihre rötlich schimmernden Haare wie Löwenmähnen reichten ihnen bis knapp zur Hüfte. Sie trugen sehr kurze Miniröcke aus weißem Satin und weite weiße Blusen, die sie vorne zugeknotet hatten, was einen freien Blick auf die engen Taillen und die muskulösen Bauchmuskeln gab. Sie kamen auf sie zu.

»Hallo, wir sind Angela und Betty. Dürfen wir uns mit Ihnen ein bisschen unterhalten? Wir haben Sie ein wenig beobachtet und denken, Sie sind nette Leute. Wir sind nass geschwitzt vom Tanzen und würden gerne hier irgendwo duschen. Aber in diesem feinen Schuppen gibt es offensichtlich keine Duschen.«

»Doch, es gibt welche!«, antwortete Monique. »Sie können bei mir duschen und sich frisch machen. Kommen Sie!«

Monique nahm Sebastian bei der Hand und forderte die beiden Mädchen auf, ihnen zu folgen. Als sie die Tür zu ihrer Suite aufschloss, traute Sebastian seinen Augen nicht. Die Suite bestand aus einem riesigen runden Raum mit mehreren Ebenen aus weißem Marmor und war ausschließlich mit Leder- und Glasmöbeln äußerst luxuriös möbliert. In der Mitte des Raums thronte ein mit durchsichtigen weißen Vorhängen umgebenes rundes Bett, das einen Durchmesser von mindestens vier Metern haben musste. An den Wänden hingen übergroße, in Öl gemalte Aktbilder, dazwischen vergoldete Fackellampen.

Das Badezimmer befand sich hinter einer breiten Schiebetür aus satiniertem Glas. Beide Mädchen gingen hinein, ohne die Tür zu schließen. Sie duschten und kamen, ohne sich abgetrocknet zu haben, auf Monique und Sebastian zu. Angela raunte Sebastian zu, sich nicht von seinem breiten Sessel wegzurühren. Dann nickte sie Betty zu. Sie nahmen Monique in die Mitte und führten sie zum Bett. Monique ließ es geschehen. Angela und Betty verwöhnten Monique mit ungewöhnlichen Methoden, aber sanft und behutsam. Erst nach knapp einer Stunde ließen die beiden Mädchen von ihr ab. Dann kamen sie auf Sebastian zu. Nun durfte Monique nur zusehen.

# 18.

Am nächsten Morgen telefonierte Sebastian als Erstes mit dem Labor. Es fehlten noch drei Laborwerte, die erst am nächsten Tag zur Verfügung stehen würden. Er unterrichtete Pablo entsprechend und bat, das Flugzeug für übermorgen bereitstellen zu lassen. Er weckte Monique mit einem zarten Kuss. Als sie unter der Dusche war, bat sie ihn, sein Bett in der Junior-Suite zu durchwühlen. Keiner sollte und musste wissen, dass er in der letzten Nacht das Bett nicht benutzt hatte. Sie verabredeten sich zum Frühstück in dem Terrassencafé gleich nebenan. Der Kaffee war miserabel, die Croissants fettig und die Konfitüre fad. Nur der frisch gepresste Orangensaft fand ihre Zustimmung.

»Hättet ihr mich nur gefragt. Frühstücken darf man nur bei ›Chez Romero‹, hier gleich um die Ecke. Hallo, ihr zwei Unersättlichen!«, sagte Angela, als sie zufällig, nur mit einem hauchdünnen Trägerkleidchen bekleidet, über die Terrasse schlenderte.

»Hallo Angela, setz dich zu uns!«, sagte Monique hocherfreut. »Ich habe die Nacht mit euch beiden Mäusen richtig genossen. So was habe ich noch nie erlebt. Schön, dich wiederzusehen!«

Sie unterhielten sich über die Einkaufsmöglichkeiten und Sehenswürdigkeiten der Stadt. Angela beklagte die allgemeine Oberflächlichkeit und Ignoranz der Menschen in der heutigen Giergesellschaft. Aber man müsse mit dem Strom schwimmen, wollte man ›ganz oben mitmischen‹.

»Sebastian!«, sagte Angela mit ernster Stimme. »Ich habe natürlich deine Stellen auf dem Rücken gesehen. Die sehen nicht gut aus. Ist das gefährlich, vielleicht ansteckend?«

»Nein, keine Sorge, der Hautkrebs ist durch Körperflüssigkeit nicht übertragbar«, antwortete er.

»Sebastian, ich kenne da jemanden, der hilft vielen Menschen mit Hautkrankheiten. Soll ich dich zu ihm führen? Der arme Mann wird dir mit seinen Künsten und all seinem Wissen helfen, wenn du mit guten Dollars bezahlst. Schaden kann es doch nicht, nicht wahr?«

Eigentlich hatte Sebastian vorgehabt, mit Monique über das weitere Vorgehen und über ihr Verhältnis zu sprechen. Er war ratlos, wie es mit ihnen beiden weitergehen sollte und wie sie sich vor Pablo schützen sollten. Denn eins war so gut wie sicher: Pablo würde irgendwann etwas merken. Die Gefahr, sich zu verraten, war groß. Das, was Monique und Sebastian mit Angela und Betty erlebt hatten, hatte alle Grenzen der Zurückhaltung zwischen ihnen beiden eingerissen. Und schließlich geisterte immer wieder die wichtigste aller Fragen durch Sebastians Kopf: Wie lange noch? Wie lange durfte er noch leben?

Er entschied sich, Angelas Angebot anzunehmen. Sie lotste ihn und Monique kreuz und quer durch Einkaufsstraßen und Ladenzeilen. Die Straßen wurden immer enger, die Menschen in ihrer Kleidung immer einfacher. Unterschiedlichste Kochgerüche waberten aus den offen stehenden Eingangstüren und Fenstern. Kreischende Kinder spielten um sie herum. Auch die

Gassen wurden immer enger, stinkender Hausmüll türmte sich rechts und links. Die ärmlichen Menschen nahmen jedoch keine Notiz von den Fremden. Aus ihrem Elend herauskommen konnten sie ohnehin nur mit eigener Kraft, die sie aber nicht hatten und nie haben würden. Es blieb ihnen nur die Resignation.

Vor einem unscheinbaren Haus blieb Angela stehen und bat Sebastian und Monique, zunächst draußen zu warten. Sie ging hinein und stieg die Treppe hinauf. Nach kurzer Zeit rief sie den beiden aus einem Fenster im obersten Geschoss zu, hinauf zu kommen. Angela stand im Türrahmen, das sonnendurchflutete Zimmer hinter ihr ließ erkennen, dass sie nur das kurze Kleidchen auf ihrer Haut trug. In einer Ecke saß ein alter, weißhaariger Mann auf einem Holzstuhl. Er trug eine große Hornbrille und schaute Sebastian unverwandt an. Er sah ihm in die Augen und hielt seinen Blick fest. Dann gab er ihm mit einer Handbewegung zu verstehen, dass er sein Hemd ausziehen sollte. Monique und Angela standen am Fenster und beobachteten das Geschehen. Der alte Mann erhob sich, nahm eine Lupe und beäugte Sebastians erkrankte Haut.

»Sulfuro?«, fragte er ihn leise.

»Ja! Schwefeldampf«, erwiderte Sebastian erstaunt.

»Gut! Sehr gut! Weitermachen, so, jeden Tag! Es wird jetzt ein wenig weh tun, aber Sie werden es überstehen«, sagte er leise, nahm ein Skalpell aus einem stark nach Alkohol riechenden Gefäß und entnahm eine Hautprobe. Unter einem Mikroskop, das sicherlich schon antiquarischen Wert erreicht hatte, untersuchte er sie.

»Sie müssen nicht sterben! Schwefeldampf und mein Mittel können Ihnen helfen, wieder ganz gesund zu werden. Hundert Dollar!«, sagte er, und hielt Sebastian die offene Hand hin. Angela nickte diesem zustimmend zu. Monique stand perplex da. Hundert Dollar wechselten schnell den Besitzer.

»Ich bereite Ihnen jetzt eine Salbe zu. Sie müssen täglich mit einem scharfen Messer jede befallene Hautstelle mit mehreren Schnitten bearbeiten und die Salbe fett auftragen, aber nicht einmassieren. Jeden Tag diese Prozedur wiederholen, nachdem Sie das Schwefeldampfbad genommen haben. Zur Nacht erneuern Sie den Verband, nur den Verband. In vier Wochen hören Sie mit der Salbe und den Schwefeldampfanwendungen auf. Nur mit Wasser waschen, ohne Seife. Hemden nur mit Wasser waschen, ohne Waschmittel. Keine Sonne für die nächsten sechs Monate. Haben Sie noch Fragen?«

Der alte Mann ging zu einem Vorhang und schob ihn zur Seite. Dahinter befand sich ein mannshohes Holzregal. Mindestens fünfzig Marmeladengläser mit lebendigen Würmern und Krabbeltieren auf Baumblättern und Holzstückchen standen sorgfältig aufgereiht auf den Regalböden, sowie viele in Farbe und Größe unterschiedliche kleine Topfpflanzen. Er nahm ein größeres Einweckglas, setzte mehrere Würmer hinein und gab Pflanzenblätter dazu. Dann nahm er eine Flasche Sonnenblumenöl und füllte damit das Glas halbvoll, zum Schluss fügte er ein Glas Wasser sowie ein Glas einer

Lecithinmischung hinzu. Mit einem elektrischen Küchenpürierstab bearbeitete er den Inhalt so lange, bis er zu einer unappetitlichen Masse geworden war. Er verschloss das Gefäß mit einem selbstkonstruierten Blechdeckel und stellte es auf einen kleinen Tisch. Mit einer Handbewegung gab er Sebastian zu verstehen, dass sie das Gefäß nehmen und verschwinden sollten.

## 19.

Mit einer herzlichen Umarmung verabschiedeten sich Monique und Sebastian vor dem ›Privatissimo‹ von Angela. In ihrem linken Auge glitzerte eine Träne. Sie packten ihre sieben Sachen zusammen und fuhren zum Labor. Monique hatte Sebastian erzählt, in ihrem Land müsse immer Druck ausgeübt werden, wenn man schnell an sein Ziel gelangen wollte. Würden sie auf den Anruf des Laborleiters warten wollen, könnten noch gut und gerne zwei Tage vergehen. Auch um Pablo nicht misstrauisch werden zu lassen, müssten sie dem Laborleiter sozusagen die Pistole auf die Brust setzen. Monique hatte recht. Ihr fiel es nicht schwer, die geeigneten Argumente zu finden. Auf Geheiß des Laborchefs wurden die letzten zwei Blutuntersuchungen sofort vorgezogen und dokumentiert. Die beiden warteten im laboreigenen Café. Nach nur wenigen Minuten rief sie der Laborleiter in sein üppig ausgestattetes Dienstzimmer und übergab ihnen den schriftlichen Befund. Er sagte kein Wort und ließ Sebastian die Werte lesen. Dann räusperte er sich diskret.

»Frau Vásquez, alle Werte - bis auf einen - sind in Ordnung. Der Wert, der Sie und Ihren Mann nachdenklich machen sollte, ist der außergewöhnlich hohe Kreatinin-Wert. Das kann Ausdruck einer erheblichen Schädigung der Nieren sein und zu einem Nierenversagen mit tödlichem Ausgang führen. Ich habe in meinem Bericht auf diese Gefahr hingewiesen und hoffe, dass Ihr Mann die Sache sehr ernst nimmt. Sie haben ja einen guten Urologen an Ihrer Seite. Der wird schon wissen, was zu tun ist. Auf Wiedersehen.«

Monique konnte nicht wissen, dass der Laborleiter nächtens das Blut präpariert hatte, damit seine Labormitarbeiter ahnungslos das manipulierte Blut untersuchten und den katastrophalen Wert feststellten. Sie konnte auch nicht wissen, dass der Laborleiter hierfür reichlich bedacht wurde und das ganze Unterfangen ein wesentlicher Teil des Plans von Klaus war. Der Sinn lag darin, Pablo zu verunsichern und zu verleiten, Sebastian noch länger mit der Untersuchung seiner Gesundheit zu beauftragen. Diese Rechnung sollte aufgehen.

Monique und Sebastian stiegen in den Privatjet und flogen zurück. Als der Jet auf Pablos privater Landepiste aufsetzte, gab es einen enormen Ruck und der Jet drehte sich um seine eigene Achse. Manolita war wenige Sekunden zuvor mit dem Hubschrauber gelandet und der Luftwirbel der Rotoren hatte den Jet erfasst. Als Monique und Sebastian kreideweiß aus dem Jet ausstiegen, kamen ihnen Manolita und zwei Wachleute mit Feuerlöschern entgegengelaufen. Das Fahrwerk des Jets hatte sich in den Boden gebohrt und war mittig gebrochen. Die Landepiste war für Tage nicht zu nutzen. Manolita schimpfte wie ein Rohrspatz mit dem Piloten und wies jegliche Schuld von sich.

»Der Pilot hätte sich vor der Landung nochmals das Okay von den Wachleuten einholen müssen, was er aber nicht getan hat«, schrie Manolita, legte ihre Hand auf den Pistolengriff und richtete den Blick auf den Piloten. Das war ein deutliches Zeichen für ihn, seinen

Mund zu halten. Lächelnd ging Manolita auf Monique zu und legte ihr beide Hände auf die Schultern.

»Sie sind nicht tot, Monique, denn Sie sind ja heil zurückgekehrt. Nur die Toten kehren nicht zurück!«, sagte sie und gab Monique einen Kuss auf den Mund. Erst viel später erfuhr Sebastian, welche Absicht Manolita damit verfolgte, Monique so zu küssen. Sie wollte verhindern, dass Monique sich gegenüber den Wachleuten und dem Piloten verriet. Und außerdem hatte sie unterstellt, dass Pablo einem Kuss von ihr keine Bedeutung beimessen würde. Manolita hatte ihren ersten Auftrag erfüllt. Der Landeplatz würde für längere Zeit blockiert bleiben.

Kaum waren die beiden Reisenden mit dem Hubschrauber vor der Villa gelandet, rief Pablo den Piloten zu sich und ließ sich von ihm das Unglück genauestens erläutern. Er gab ihm Weisungen, schnellstens Jet und Landepiste in Ordnung bringen zu lassen. Erst danach widmete er sich ihnen. Er nahm Monique in die Arme, gab ihr einen Wangenkuss und Sebastian die Hand.

»Erzählen Sie, Doktor. Was hat die Untersuchung ergeben?«

»Pablo, bis auf einen Wert ist das Blutbild in Ordnung. Aber über diesen problematischen Wert müssen wir sofort sprechen.«

»Hören Sie, Doktor! Ein Blutwert von vielen. Das hat Zeit. Wir werden darüber heute Abend sprechen. Jetzt müssen Sie zur Krankenstation. Einer meiner Wächter hat wohl aus Versehen gestern drei Arbeiter erschossen und zwei Arbeiterinnen schwer verletzt. Es muss wieder Ruhe einkehren, die Gemüter meiner Leute müssen beruhigt werden. Ich werde die Familien entschädigen. Und Sie, Doktor, werden den Familien vermitteln, dass Pablo Vásquez sich um seine Leute kümmert und alles tut, um zu helfen. Bitte, gehen Sie! Jetzt!«

## 20.

Die Oberin erwartete ihn schon. Sie gab Sebastian die Hand und führte ihn zu den verletzten Frauen. Beide hatten einen Oberschenkeldurchschuss erlitten, als sie sich vor ihre Männer warfen, um sie zu schützen. Er erfuhr, dass es sich um Exekutionen gehandelt haben musste, denn die Wächter hatten sich viel Zeit gelassen und nach den Frauen suchen lassen, damit sie die Hinrichtungen ihrer Männer mitansehen mussten.

»Mörder! Nur Mörder! Diese bestialischen Hunde machen mit uns, was sie wollen. Der kleinste Fehler wird mit dem Tod bestraft, und das wird von Pablo Vásquez gebilligt. Der ist sogar noch schlimmer als der Teufel!«, flüsterte mir die ältere von den beiden Frauen zu. »Wenn Sie diesen Mann umbringen, Doktor, werden wir alle Ihnen helfen, auch wenn es uns die Arbeit und die Existenz kostet. Aber helfen Sie uns!«

Nachdem Sebastian die zwei Frauen versorgt und ihnen Penicillin gespritzt hatte, nahm ihn die Oberin zur Seite und erinnerte ihn daran, dass es wieder Zeit für seine Schwefeldampfanwendung sei. Er solle sich gleich auf den Weg machen und ihr Geschenk, das zweischneidige Messer, nicht vergessen. Er solle es immer bei sich tragen, denn man könne ja nie wissen, wann man es gebrauchen könnte. Sebastian zog sich um, nahm ein Strandtuch und den Bottich mit der Salbe und marschierte Richtung Höhle. Der Weg dorthin war schon eine sportliche Herausforderung, aber er sah immer das Bild der Oberin vor sich, wie diese beim ersten Mal unermüdlich vor ihm hergelaufen war, um ihm den Weg zur Höhle zu zeigen. Das gab ihm Auftrieb und Antrieb. Weisungsgemäß ging er den Weg zur Schwefelquelle immer den Markierungen nach. An jeder Abzweigung hatte er zusätzlich einen Nagel in den Boden geschlagen, der gänzlich unauffällig für Nichtwissende war. An der Quelle zog er sich aus und setzte sich wie immer auf den Stein.

»Sie sind ja ganz gut gebaut, Doktor!«, schallte es aus einer nicht einsehbaren Ecke der Höhle. Sebastian kannte diese Stimme. Manolita trat aus dem Dunkeln hervor, ihr muskulöser Köper war nackt. Sie schwitzte am ganzen Körper, also musste sie schon etwas länger in der Höhle gewesen sein. Sie ging zu Sebastians Sachen, nahm sein Messer und ging auf ihn zu.

»Doktor, auch ich kenne diese Höhle und die Heilkräfte des Schwefels. Ich bin oft hier, jetzt aber, um Ihnen zu helfen, Ihre erkrankten Stellen auf dem Rücken zu behandeln. Ich will nichts von Ihnen, und Sie sollten auch nichts von mir wollen. Es würde Ihnen nicht gut bekommen. Einverstanden?«

»Natürlich! Aber Sie müssen doch eingestehen, Manolita, dass das Bild einer nackten schönen Frau mit einem nackten Mann allein in einer Höhle nachvollziehbar Fantasien und Vorstellungen nährt. Und was wollen Sie jetzt mit dem Messer machen?«

»Ihre Stellen behandeln, so wie es Ihnen der alte Mann aufgetragen hat.«

»Aber woher wissen Sie das?«

»Ich kenne die Rezepte meines Vaters und von Monique weiß ich, dass Sie bei ihm waren. Apropos, Angela ist meine Schwester. Ich sehe, Sie sind verwundert, Doktor. Aber ich werde Ihnen alles erklären, alles zu seiner Zeit. So, nun drehen Sie sich um und nehmen Sie diesen Knebel in den Mund. Es wird höllisch weh-tun, aber Sie müssen da durch. Denken Sie an meinen Körper und wie es mit mir sein könnte, na, Sie wissen schon. Vielleicht hilft das ja?«

Manolita stellte sich hinter Sebastian, legte einen Arm um seine Taille und zog seinen Körper an sich. Ohne zu zögern fing sie an, seine erkrankten Stellen mit dem Messer zu durchfurchen. Sebastian wurde ohnmächtig vor Schmerz, aber Manolita hielt ihn fest umklammert. Sie ließ den Schwefeldampf einige Zeit einwirken und zog Sebastian dann aus der Höhle. Sie legte ihn bäuch-lings auf das Strandtuch und schmierte ihm die Salbe ihres Vaters auf den ganzen Rücken. Als er zu sich kam, streichelte sie ihm über das Haar. Sie nahm seinen fragenden Blick auf und aus ihren Augen traten Tränen.

»Entschuldigen Sie mich, Doktor. Aber ich dachte eben an meinen Vater. Er ist ein gebrochener Mann. Aber das ist eine andere Geschichte. Ich weine, weil das Ganze hier anfängt, mich zu überfordern. Ich sehe, wie Sie versuchen, Ihre Krankheit zu besiegen. Ich sehe, wie Sie versuchen, den gequälten Menschen hier vor Ort zu helfen. Ich sehe auch mein eigenes Leid, denn ich habe sehr früh meine Mutter verloren, und wie Sie wissen, vor Kurzem meine Freundin. Und ich weiß, dass es bald sehr turbulent werden wird und ich dabei eine wichtige Rolle spielen werde. Das alles wächst mir langsam über den Kopf.«

Sebastian nahm Manolita in die Arme und drückte sie fest an sich. Sie heulte und schluchzte. Er sagte kein Wort. Er hielt sie nur fest. Es dauerte Minuten, bis sie sich wieder gefangen hatte. Sie löste sich aus seiner Umklammerung und sah ihm lange in die Augen.

»Doktor, so lange wir es können, treffen wir uns täglich. Ich werde Pablo erzählen, dass ich Ihren Rücken versorgen muss. Er weiß ja von Ihrer Krankheit. So fällt es nicht auf, wenn wir, wo auch immer, zusammen sind. Und wir können uns ungestört unterhalten. Sie sollten sich aber wie ein normaler Mann verhalten, damit Pablos Zuträger etwas zu berichten haben. Also dürfen Sie mich ruhig mal umarmen oder um die Taille greifen oder mir sogar einen Kuss geben. Alles muss so aussehen, wie man es zwischen einem Mann und einer Frau erwartet, und ganz nebenbei, so unangenehm ist es mir nicht!«

Manolita legte ihm behutsam und gekonnt einen Verband an. Als sie zurück waren, suchte sie umgehend Pablo auf. Bis zu seinem eigenen täglichen Gesprächstermin mit Pablo hatte Sebastian noch ein wenig Zeit. Er schaute auf seine Uhr. Es war

Donnerstag, 17:00 Uhr.

Monique saß auf der Terrasse und trank einen frisch gepressten Orangensaft. Als sie Sebastian sah, zwinkerte sie ihm zu und lud ihn zu einem Spaziergang im Garten ein. Sie konnten erkennen, dass Pablo sie aus einem Fenster der oberen Etage beobachtete. Im hinteren Gartenbereich setzten sie sich auf eine Bank aus feinstem Kirschbaumholz, hinter der ein angelegter Wasserlauf plätscherte. Vom Haus aus war die Bank gut einsehbar, was sie bezweckten. Pablo sollte sie beobachten, um die Harmlosigkeit ihres Zusammenseins zu erkennen.

»Sebastian, das ist das einzige Fleckchen im Garten, das abhörsicher ist. Hier spricht auch Pablo mit seinen Geschäftspartnern über Geschäftliches oder andere Dinge, die keine Mitwisser brauchen. Also können wir hier frei sprechen. Sage mir bitte zuerst, wer du bist und warum du hier bist, bitte!«

Sebastian ließ keine Einzelheit aus. Immer wieder betonte er, dass sie sich nichts anmerken lassen und keine Fehler machen dürften. Sie waren sich darüber in Klaren, dass die Oberin, Manolita, Monique und er bislang die einzigen Figuren in dem Plan waren, in diesem ihnen noch nahezu unbekannten Plan, den Klaus geschmiedet hatte. Monique und Sebastian unterhielten sich gerade über die Verwundeten in der Krankenstation und die von Pablo geduldete Brutalität der Aufseher, als sie Pablo auf sich zukommen sahen. Sein Grinsen gefiel Sebastian nicht, aber er konnte es nicht deuten. Pablo gesellte sich zu ihnen und unterhielt sie wieder mit Vorträgen über Marktwirtschaft und Kapitalismus. Als es zu dämmern begann, lud er zum Abendessen in einer Stunde ein. Weder Monique noch Sebastian wussten, dass Pablo zuvor am Fenster ein neues Richtmikrophon ausprobiert und jedes ihrer Worte mitbekommen hatte.

Donnerstag, 18:30 Uhr
Das Abendessen verlief harmonisch, Pablo war wie umgewandelt und fröhlich gestimmt. Das Gespräch

über den problematischen Blutwert wollte er auf den nächsten Tag verschoben wissen und belegte dieses Thema für den Rest des Abends mit einem Basta. Seine Freundlichkeit und überschwängliche Euphorie waren aufgesetzt. So viel konnte Sebastian feststellen.

# 21.

Freitag, 09:00 Uhr
Manolita trainierte am Boden ihres Zimmers ihre Bauchmuskulatur. Sie fluchte leise, als es an ihrer Tür klopfte. Draußen stand einer der Wächter in Tarnkleidung und mit einer Pistole und einem Kampfmesser bewaffnet.

»Manolita, der Chef möchte, dass du mich zum Landeplatz fliegst. Jetzt! Ich habe einen schriftlichen Befehl.«
Sie machte sich schnell frisch. Dabei betrachtete sie sich kritisch im Spiegel und wurde unsicher. Noch nie hatte sie einen schriftlichen Auftrag von Pablo erhalten. Rückfragen konnte sie nicht, denn Pablo schon um neun Uhr früh zu ›belästigen‹, würde ungeahnte Folgen haben.

Der Wächter wartete ungeduldig. Vor ihm lag eine Stinger-Luftabwehrrakete neben einem prall gefüllten Rucksack. Als es endlich losgehen konnte, verstaute er die Rakete und sein Gepäck im Hubschrauber und setzte sich schweigend neben Manolita. Er schwieg auch während des gesamten Fluges und ließ sich nicht auf Manolitas Frage ein, was er denn mit der Rakete vorhabe. Nach der Landung inspizierte Manolita den Hubschrauber und die Maschinengewehre. Das war für sie Routine. Sie bemerkte, wie der Wächter mit der Rakete in den Busch verschwand. Sie hob ab und flog zurück.

94

Freitag, 10:00 Uhr

Pablo erwartete ungeduldig Manolita zurück. Ungehalten erzählte er ihr, dass er schlechte Nachrichten erhalten habe und Monique weit weg von der Villa in Sicherheit gebracht werden müsse. Er gab ihr die Order, wegen der unbrauchbaren Landepiste Monique nach Concepción zu fliegen und mit ihr dort zu bleiben, bis er sie wieder zurückrufe. Sie sollte aber unbedingt beim Hinflug über die Landepiste fliegen und sehen, ob dort gearbeitet würde. Pablo wiederholte seine Weisung, dies schon jetzt beim Hinflug und nicht erst irgendwann beim Rückflug zu tun. Pablo insistierte nochmals und fragte sie, ob sie verstanden habe. Manolita nickte nur kurz und widmete sich dem Hubschrauber.

Anschließend ging er zu Monique und erklärte ihr die Gründe für ihre spontane Abreise: Seine Mittelsmänner hätten vor einer drohenden Gefahr seitens der chilenischen Polizei gewarnt. Sie solle wegen dieser neuen Erkenntnislage nach Concepción fliegen. Dort sei sie in Sicherheit. Er verabschiedete sich von ihr mit einem flüchtigen Kuss auf die Stirn und bat sie um Eile beim Packen. Monique erstarrte, als sie hörte, dass Pablo von außen die Zimmertür verschloss. Sie lief zur Tür und zerrte am Türgriff. Nichts bewegte sich. Sie trat gegen die Tür und hörte, wie diese aufgeschlossen wurde. Ein Wächter stand breitbeinig davor und gab ihr zu verstehen, dass er sie direkt von diesem Zimmer zum Hubschrauber zu begleiten habe. Sein Befehl laute, jeglichen Kontakt, egal mit wem, bis zu ihrem Abflug zu unterbinden.

Freitag, 10:20 Uhr

Die Tür von Sebastians Zimmer flog auf. Ein außerordentlich großer und ein kleinerer Wächter kamen herein, der kleinere stellte sich breitbeinig in den Türrahmen, der andere vor die zwei Fenster. Sie sagten Sebastian, er stehe unter Arrest und dürfe den Raum nicht verlassen. Als Pablo das Zimmer betrat, wusste Sebastian, dass großes Unheil bevorstand. Pablo kam auf Sebastian zu, zog ein kleines Gerät aus seiner Hosentasche und startete es. Sebastian hörte sich sprechen. Es war sein Gespräch mit Monique gestern im Garten, was er da hörte. Pablo stoppte das Gerät, legte den linken Zeigefinger auf seinen Mund und spielte das gesamte Gespräch nochmals ab.

»Sie werden sich wünschen, niemals geboren worden zu sein«, sagte er mit schneidender Stimme und verließ das Zimmer. Die beiden Wächter standen regungslos, wie angewurzelt. Sie würden alle sterben müssen, dessen war sich Sebastian sicher. Er malte sich aus, welche grausamen und todbringenden Methoden sich Pablo wohl für die ›Verräterinnen und Verräter‹ ausgedacht hatte. Monique zu kontaktieren, war Sebastian nicht mehr möglich. Er wusste nicht einmal, ob er der Erste war, den Pablo von seinem Wissen informiert hatte. Hatte Pablo womöglich Monique schon umgebracht? Und die Oberin? Und Manolita? Sebastian musste reagieren, aber wie? Die zwei Wächter würden ihn hindern, das Zimmer zu verlassen. Das war sicher. Und gegen beide, die gut fünf Meter voneinander entfernt standen, konnte er nichts ausrichten: Wenn er den einen angriffe, würde ihn der andere erschlagen oder erschießen. Sebastians Möglichkeiten reduzierten sich auf null.

Einer der Wächter sah aus dem Fenster und grinste. Er kam auf Sebastian zu, setzte ihm sein Kampfmesser an die Kehle, griff mit seiner freien Hand in Sebastians Haar und drängte ihn zum Fenster. Sebastian sah, wie Monique, begleitet von einem Wächter, zum Hubschrauber ging. Kaum hatte er sie gesehen, drängte ihn der Wächter wieder zurück.

»Du bist des Todes. Aber bis dahin kannst du deine Sachen schon mal packen. Sonst müssen wir das erledigen, wenn du krepiert bist. Also los, pack deine Sachen in die Koffer!«, sagte der Ekel erregend nach Schweiß riechende Koloss.

Sebastian nahm den größeren seiner Koffer, legte ihn aufs Bett und öffnete den Deckel. Er zuckte zusammen. Die zwei Wächter, die ihn nicht aus den Augen ließen, hatten das mitbekommen, werteten es aber offensichtlich als Zeichen seiner Angst. Da! Die Notfall-Telefonnummer von Klaus! Sein Handy hatte Sebastian in der Hosentasche. Er glitt mit der rechten Hand hinein, schaltete das Handy ein und wählte die Nummer. Dann zog er das Handy heraus und legte es in den Koffer. Auf dem Display sah er, dass irgendjemand am anderen Ende der Leitung das Gespräch angenommen hatte. Er befürchtete, dass sich eine Stimme melden würde, aber alles blieb still. Nun musste er seine Nachricht überbringen.

»Hallo! Jungs!«, sagte Sebastian zitternd zu den Wächtern, »dass euer Chef Pablo nun weiß, dass ich, seine Frau, die Mutter Oberin und Manolita für die Sicherheits- und Antidrogenbehörden arbeiten, bedeutet wohl, dass unser Tod besiegelt ist, nicht wahr? Was meint ihr, wann werden wir sterben?«

»Bald, sehr bald. Aber der Chef will euch noch leiden sehen. Er wird sich was Schönes ausdenken, und wir werden dann unseren Spaß haben, du Dreckskerl!«

»Und was ist, wenn ich euch zehntausend Dollar gebe?«

»Verlockendes Angebot«, sagte der kleine Wächter, »aber Pablo wird uns finden, überall, und uns die Kehle durchschneiden. Also hätten wir nichts von deinem Geld, du Hurenbock!«

Nur weil Sebastian unmittelbar vor dem Koffer stand, konnte er das äußerst leise Summen wahrnehmen. Er wusste nicht, was es zu bedeuten hatte, aber irgendwie war es ihm willkommen. Alles war ihm willkommen, alles, was eventuell zu seiner und Moniques Rettung hätte beitragen können.

Freitag, 11:00 Uhr

Pablo hatte seine engsten Mitarbeiter zusammentrommeln lassen und beriet über die einzuleitenden Sicherheitsmaßnahmen. Seine Berater konnten ihn überzeugen, nicht übereilig und unbegründet in Aktionismus zu verfallen. Bislang hätten die Verräter wohl keinen Schaden angerichtet. Weit und breit hätten die Außenposten keine verdächtigen Personen oder Polizeieinheiten gemeldet. Also sollte man nicht agieren, sondern eher reagieren, wenn es denn erforderlich sei. Mit dieser Vorgehensweise würde man außerdem die Kolumbianer nicht verunsichern oder auf die peinliche Leckstelle aufmerksam machen. Die Argumente überzeugten Pablo. Er war so mit seinen Hassgefühlen Monique und Sebastian gegenüber beschäftigt, dass er die Komplizenschaft der Oberin völlig vergaß.

Freitag, 11:10 Uhr
Manolita legte ihre Hände auf Moniques Schultern und gab ihr einen langen Kuss. Monique erzählte ihr, was sich abgespielt hatte. Pablo sei ungewöhnlich freundlich gewesen. Manolita verstaute Moniques Gepäck und beide stiegen in den Hubschrauber. Während die Rotoren sich langsam zu drehen begannen, fragte Manolita noch einmal nach dem Grund dieses Fluges. Die Ungenauigkeit von Moniques Angaben hatte sie irritiert. Irgendetwas stimmte hier nicht, das spürte sie. Sie hob bewusst sehr langsam ab. Vielleicht konnte sie ja irgendwelche Hinweise oder Informationen bekommen. Als der Hubschrauber auf der Höhe von Sebastians Zimmerfenstern war, entdeckte sie die zwei Wächter und ihn beim Kofferpacken. Sie blieb auf dieser Höhe und flog weiter an der Villa entlang. Da sah sie Pablo mit seinen Mitarbeitern im Konferenzzimmer. Sie flog bis zur Krankenstation und kreiste über den Innenhof. Die Oberin stand mittig auf dem Hof und winkte ihr mit einem roten Taschentuch zu. Manolita zog den Hubschrauber hoch und flog Richtung Landeplatz.

Freitag, 10:50 Uhr
»Klaus, wir haben alle sieben Außenposten neutralisiert. Wir sollten jetzt keine Zeit verlieren. Die nächste Aktion muss eingeleitet werden«, sagte John Smith

sichtlich nervös. Klaus wollte antworten, kam aber nicht mehr dazu. Einer der Soldaten kam mit schnellen Schritten auf sie zu.

»Wir haben soeben über Funk erfahren, dass unsere Leute aufgeflogen sind. Wir wissen nicht, ob sie noch leben. Wir haben keine weiteren Erkenntnisse. Was sind Ihre Befehle, John?«

John Smith tauschte sich kurz mit Klaus aus. Dann gab er seine Befehle. Zwanzig Soldaten schwärmten aus. Einige von ihnen sollten die Aufseher auf den Feldern neutralisieren und in der Krankenstation gefangen halten. Sodann sollten sie die Arbeiterinnen und Arbeiter aufklären. Die anderen Soldaten schlichen sich wie Raubkatzen bis zum Herzstück der Villa und fesselten und knebelten jeden, dem sie begegneten. Drei der ›Raubkatzen‹ kamen in Sebastians Zimmer geschlichen und erschossen die zwei Wächter. Erst später erfuhr er, dass das kaum wahrnehmbare Summen aus seinem Koffer ein Sender gewesen war, der ihn zu orten hatte. Pablo hatte längst auf einem Überwachungsmonitor gesehen, dass bewaffnete Kräfte in sein Haus eingedrungen waren. Er wusste, dass ihn nur noch eine schnelle Flucht würde retten können, also floh er durch den Geheimgang, der direkt in den Keller und von dort aus zu der Erdhöhle führte, in der sein Hubschrauber stand. Hastig öffnete Pablo das Eingangstor zu Höhle und zog den auf Schienen stehenden Hubschrauber hinaus. Wie ein Blitz schwenkte er sich auf den Sitz und drückte eilig alle erforderlichen Knöpfe und Tasten. Alles musste jetzt schnell gehen, denn seine Häscher konnten den Geheimgang entdeckt haben und fast bis zur Höhle gelangt sein. Als die Rotoren die nötige Umdrehungszahl erreicht hatten, atmete er auf. Zuerst hob sich der Hubschrauber nur langsam vom Boden, aber dann schoss er vertikal in die Höhe. Pablo sah unter sich, wie zwei schwarz uniformierte Männer ihre Maschinenpistolen anlegten und auf den Hubschrauber zielten. Aber er war schon zu hoch, als dass sie mit diesen Waffen hätten treffen können. Dann sah er Sebastian, begleitet von zwei Männern. Eine unglaubliche Wut stieg in ihm hoch und er begann, die drei mit zwei schweren Maschinengewehren zu beschießen. Doch plötzlich drehte er ab.

Die Soldaten nahmen das Labor im Keller der Villa ohne jegliche Gegenwehr ein und fesselten die Laboranten. Pablos engste Mitarbeiter wurden ebenfalls gefesselt und vernommen. Kurze Zeit später landete ein riesiger Transporthubschrauber vor der Villa. Zwei Soldaten entluden drei Säcke Mehl und brachten diese in die Küche. Dann wurden Pablos Schergen, ob persönliche Wächter, Mitarbeiter oder Laboranten, eiligst in den Frachtraum getrieben. Keine zehn Minuten später nahm der Hubschrauber Kurs auf den vor der Küste Chiles liegenden Flugzeugträger der US Navy.

Freitag, 12:10 Uhr
Der von Manolita abgesetzte Wächter in Tarnkleidung hatte Schwierigkeiten, mit der schweren und hinderlichen Rakete im Dickicht um den Landeplatz vorwärts zu kommen. Nachdem er von der Landepiste weit ge-

nug entfernt war, um nicht mehr entdeckt werden zu können, ließ er sich nieder. Aus seinem Rucksack zog er eine Decke hervor und legte sie ordentlich auf den Boden. Dann packte er eine größere Feldflasche und Brot aus. Er wusste, dass er vielleicht Stunden würde warten müssen. Nachdem er die Rakete eingeschaltet und entsichert hatte, lehnte er sich gegen einen Baumstamm. Nach wenigen Minuten spürte er, wie schwer seine Augen wurden. Ein Sekundenschlaf folgte dem anderen. Dann schlief er richtig ein. Er träumte von einem Vulkan, der auszubrechen und ein ganzes Dorf zu verschütten drohte. Er, der mutige Retter, sollte einen Bus voller Kinder in Sicherheit bringen. Kaum war er mit dem Bus losgefahren, grollte der Vulkan so laut, dass die Kinder zu schreien anfingen. Der Vulkan grollte immer lauter, so laut, dass der Mann aufwachte. Benommen schüttelte er seinen Kopf und hörte das immer lauter werdende Brummen der Turbinen und das Rattern der Rotoren eines Hubschraubers. Hastig griff er zur Rakete und lehnte die Abschussvorrichtung an seine rechte Schulter. Er bemerkte die Scharen von Ameisen, die nicht nur über das gesamte Brot, sondern über alles, was nicht zu ihrer gewohnten Umgebung gehörte, hergefallen waren. Er wischte die Ameisen von der Rakete und dem Zielfernrohr weg und klopfte sich die Tiere von Kopf und Armen. Der Hubschrauber war jetzt so nah herangeflogen, dass er ihn sehen konnte. Er peilte den Hubschrauber an, wartete aber noch wenige Sekunden, um ihn in voller Größe in seinem Laser-Visier zu haben. Manolita und die Frau seines Chefs würden einen raschen und plötzlichen Tod finden. Tausend Dollar Belohnung warteten auf ihn, wenn er Pablos Auftrag erfüllt haben würde. Sein Zeigefinger lag am Abzug. Er krümmte den Finger. Der Hubschrauber explodierte in der Luft.

Der Aufseher und die Arbeiter nahe dem Landeplatz rannten zur Absturzstelle. Sie erkannten sofort, dass kein Mensch dieses Inferno hatte überleben können Der Aufseher wählte die für Notfälle vorgegebene Handynummer an und berichtete über den Absturz des Hubschraubers. Was er nicht wissen konnte: Er berichtete keinem Wächter, sondern einem Soldaten, der für die Entgegennahme von Anrufen abgestellt war. Es war purer Zufall, dass dieser Soldat beim Verhör der engsten Mitarbeiter von Pablo dabei gewesen war und also davon wusste, dass Pablo seine Frau mit dem Hubschrauber hatte ausfliegen lassen, um sie dann mit einer Rakete abzuschießen. Der Soldat hatte auch mitbekommen, dass die Deutschen mit den Namen Klaus und Sebastian ein gesteigertes Interesse am Verbleib der Frau des Drogenbarons gezeigt hatten. Daher suchte er die beiden auf und meldete, dass sie sich keine Gedanken mehr über den Verbleib der Frau machen müssten. Der Hubschrauber, in dem sie gesessen habe, sei im Auftrag ihres Ehemannes abgeschossen worden. Kein Insasse habe überlebt.

Freitag, 15:00 Uhr
John Smith suchte mit einigen Soldaten die Krankenstation auf und sah nach dem Rechten. Überglücklich begrüßte ihn die Oberin. Sie sei so erleichtert, dass der

Spuk nun ein Ende gefunden habe. Zusammen gingen sie zu den Arbeiterinnen und Arbeitern hinaus aufs Feld und informierten diese über die Geschehnisse der letzten Stunden. Sie versicherten, dass sich niemand Sorgen über die Zukunft machen müsse. Alle sollten die nächsten Tage einfach wie gewohnt weiterarbeiten.

Freitag, 20:00 Uhr
John Smith hatte gewusst, dass wieder eine größere Menge Kokain für den Abtransport nach Kolumbien bereitstand. Im Labor wurde es unschädlich gemacht. Es wurde mit Wasser vermengt, im Küchenbackofen so lange erhitzt, bis der Brei fast auseinanderfiel, danach in ein ausgehobenes Loch geschüttet und mit Erde bedeckt. Nichts zeugte mehr von dem teuren Pulver, das unzähligen Menschen Leid und Verderben hätte bringen können.
Die Soldaten füllten Mehl in die drei Mehlsäcke, verschlossen die Plastiktüten akkurat und verstauten sie in vier Kartons. Allein diese eine Lieferung hätte Pablo eine Einnahme von zweieinhalb Millionen Dollar beschert, wenn es tatsächlich Kokain gewesen wäre.

Freitag, 22:00 Uhr
Ein schwerer Sikorsky-Hubschrauber landete vor der Villa. Er hatte weder Hoheitszeichen noch eine Registrierungsnummer. Die hintere Tür rollte auf und ein hoch dekorierter Soldat sprang heraus. Ohne ein Wort zu sagen postierte er sich neben der offenen Tür. Ein Mann, gekleidet wie einer von Pablos Wächtern, rollte einen Schiebewagen mit den vier Kartons bis zum

Hubschrauber. Auch von ihm kam kein Wort. Der Soldat nahm den ersten Karton und hob ihn auf eine Waage. Das Gewicht stimmte. Dann kamen die drei weiteren Kartons an die Reihe. Der Soldat sprang auf die Ladefläche und knallte die Tür zu. Der Sikorsky hob ab und verschwand nach kurzer Zeit aus dem Blick von John Smith. Er hatte sich in der Villa hinter einer undurchsichtigen Gardine versteckt und beobachtete angestrengt, was sich da draußen abspielte. Er war erleichtert, als die vier Kartons im Hubschrauber verschwunden waren. Alles lief nach Plan. Wie oft hatte er die enorm wichtige Abholzeremonie mit dem US-Soldaten trainiert, der die Rolle des Wächters mimte! Smith war natürlich auch im Bilde, dass der hoch dekorierte Soldat im Hubschrauber keineswegs ein Soldat war. Die Uniform und der hohe Dienstgrad sollte nur der Polizei, dem Zoll oder sonstigen Beamten imponieren und diese abhalten, Fragen zu stellen, wenn der Hubschrauber auf dem Flugplatz von Santiago de Chile oder sonst wo landete.

Freitag, 24:00 Uhr

Klaus hatte alle Mühe, mit Sebastian mitzuhalten, der einen Vodka nach dem anderen trank und so betrunken war, dass er nicht mehr wusste, wo er war und wer er war. Dabei war es Klaus gewesen, der ihn zum ersten Wasserglas randvoll mit Vodka genötigt hatte. Er hatte Angst um Sebastian gehabt, wie er ihm später beichtete. Denn Sebastian sei völlig ausgeflippt, als er von Moniques tragischem Tod erfahren hatte. Er habe um sich geschlagen, gewütet und einen Teil des Mobiliars demoliert. Wie wild habe er mit meinem Messer auf ein Wandportrait von Pablo eingestochen. Er habe keinen Sinn mehr im Leben gesehen und jedem Glauben abgeschworen.

## 22.

Die warmen Sonnenstrahlen durch das offen stehende Fenster weckten Sebastian. Er fühlte sich hundeelend. Vom Bett aus sah er ›sein‹ Hausmädchen. Sie kam auf ihn zu, hielt ihm drei Schmerztabletten und ein volles Glas Wasser hin und drängte ihn, die Tabletten zu nehmen. Dann zog sie sich aus, legte sich zu ihm ins Bett und massierte seinen Nacken. Es war angenehm, aber Sebastian war nicht in der Lage, irgendetwas zu denken. Er schlief noch einmal tief ein. Vier Stunden später wachte er auf. Er lag allein im Bett und es ging ihm wieder ganz gut. Nur leichte Kopf- und Magenschmerzen erinnerten ihn an das, was passiert war. Er ging unter die Dusche und ließ kaltes Wasser minutenlang über seinen Kopf brausen. Als er aus der Dusche herauskam, war das Hausmädchen gerade dabei, den kleinen Salontisch mit einem üppigen Frühstück für zwei Personen zu decken. Als sie ihn sah, schreckte sie auf.

»Mein Herr, seien Sie mit mir nicht böse. Bitte! Ich habe nur getan, was ich tun musste. Ich habe Ihnen Schmerzmittel gegeben. Ich habe nur gewollt, dass Sie schnell wieder gesund werden, also mussten Sie gleich wieder einschlafen. Deshalb habe ich mich zu Ihnen gelegt. Wir Frauen hier wissen, wie wir mit unseren Männern umzugehen haben, wenn die zu viel getrunken haben. Tabletten und die Körperwärme einer Frau, das hilft am besten. Die Männer schlafen dann schnell ein. Sie bauen den Alkohol schneller ab, weil das Blut wegen der Tabletten noch schneller fließt. Bitte seien Sie mir nicht böse.«

»Nein, nein! Es ist alles in Ordnung. Habe keine Angst.«

»Mein Herr, Sie müssen jetzt richtig viel essen und viel Kaffee und Wasser trinken. Dann werden Sie sich wieder erinnern und die Dinge anders sehen können. Herr Klaus wird gleich zu Ihnen kommen. Bitte, essen Sie!«, sagte sie und zeigte auf das Frühstück.

Wenig später gesellte sich Klaus zu Sebastian. Außer einem ›Guten Morgen‹ kam nichts von ihm. Er wartete, dass sein Freund anfing. Aber auch Sebastian sagte nichts. Endlich brach Klaus die Stille.

»Sebastian, ich möchte dir jetzt erklären, wie es hier weitergehen wird. Also: Die Kolumbianer werden wie gewohnt das Rauschgift mit einem Jet aus Santiago nach Kolumbien und von dort aus in die Staaten fliegen. Wenn die Abnehmer feststellen, dass sie für Mehl Millionen bezahlt haben, wird es einen blutigen Kartellkrieg geben. Die Banden werden sich gegenseitig erheblichen Schaden zufügen, und wir, wir schauen zu. Aber wir werden aus dem Scharmützel auch Informationen ziehen und so unseren weiteren Kampf gegen die Kartelle optimaler organisieren können. Es ist nicht auszuschließen, dass die Kolumbianer einen Rachefeldzug hier in Chile durchführen werden. Aber da die Hauptverantwortlichen ja nicht mehr da sind, werden sie sich das sehr gut überlegen, denn mit jeder Aktion geben sie auch Informationen über sich selbst, über ihre Kartellstruktur preis. Wachsamkeit ist aber dennoch geboten, aber wir werden keine übermäßigen Sicherheitsvorkehrungen treffen. Die Amerikaner und wir suchen mit allen uns zur Verfügung stehenden Mitteln nach Pablo. Er ist mit seinem Hubschrauber Richtung Concepción geflogen, so viel konnte die Luftaufklärung uns sagen. Dann ist er aber plötzlich vom Radar verschwunden. Sollten wir ihn finden, werden wir ihn den Kolumbianern zuspielen. Das ist alles in allem für uns und die chilenische Regierung nur von Vorteil. Kein kostspieliger und langwieriger Prozess und keine besonderen Haftbedingungen. Aber wie gesagt, noch suchen wir fieberhaft nach ihm. Was das Anwesen hier und die Arbeitskräfte anbelangt, werden die Chilenen das Areal zunächst konfiszieren und dann für einen symbolischen Preis von einem Dollar an die Amerikaner verkaufen. Die Amerikaner haben sich bereits verpflichtet, den Menschen Arbeit und Auskommen zu garantieren. Die Plantage wird zu einem landwirtschaftlichen Großbetrieb für ökologisches Gemüse ausgebaut. Ich habe erreicht, dass du - wenn du es denn willst, in Anbetracht deiner Krankheit - die Leitung des Projekts übernimmst, unterstützt von mehreren Agraringenieuren. So könntest du hier bleiben, so lange du möchtest. Ich glaube doch, dass du das möchtest, nicht wahr?«

»Ja, natürlich. Ich weiß im Moment gar nicht, was ich tun soll und wohin ich gehen soll. Ich danke dir, dass du so an mich gedacht hast. Das Beste wird wohl sein, dass ich erst mal zur Ruhe komme und dann weitersehe.« Kaum hatte Sebastian diese Worte ausgesprochen, wurde ihm bewusst, dass er wie ein gesunder Mensch sprach, für den es selbstverständlich ist, Zukunftspläne zu schmieden.

Einer der Soldaten kam herein und bat Klaus, mitzukommen. Sie gingen in den Keller, zur Funkstation. John stand an einem Pult und telefonierte. Er grüßte Klaus mit einem Wink und lächelte ihn an. Klaus war verwirrt, denn er konnte das Lächeln nicht einordnen. Das, was sich in den letzten Stunden hier abgespielt hatte, war schließlich alles andere als lustig gewesen.

John legte auf und kam auf Klaus zu.
»Klaus, sag mir, ob dein Freund Sebastian starke Nerven hat.«
»Warum fragst du mich das, John?«
»Weil er gute Nerven braucht, wenn ich ihm die Story erzähle, die ich gerade gehört habe. Aber die Story ist streng geheim. Wo ist er, dieser Sebastian?«
Sie fanden ihn auf der Terrasse. Sebastian fragte, ob sie eine Tasse Kaffee haben wollten, aber sie verneinten.
»Meine Herren«, sagte John mit sonorer Stimme, »was ich Ihnen jetzt sage, ist so geheim, dass kein Wort nach draußen gelangen darf, zumindest nicht in den nächsten drei bis vier Tagen. Pablo Vásquez ist tot! Außer uns und der US-Behörde für Drogenbekämpfung darf keiner davon wissen; wir würden den weiteren Verlauf unserer Aktion gefährden, sogar zunichtemachen. Kein Wort also über das, was ich Ihnen jetzt sage. Also: Manolita, unsere Agentin, hatte vor und kurz nach dem Abflug mit Pablos Frau Verdacht geschöpft. Sie konnte ihren frühmorgendlichen Auftrag, das Absetzen des schwer bewaffneten Wächters nahe der Landepiste, und die Vorgänge in der Villa richtig einordnen. Die merkwürdig unkonkreten Aussagen der Ehefrau zu den

Gründen des Fluges sowie die Anwesenheit der Wächter in Ihrem Zimmer, Sebastian, bestätigten ihr, dass etwa schiefgelaufen sein musste. Letztlich kombinierte sie, dass Pablos Weisung, unbedingt über die Landepiste zu fliegen, nichts anderes bedeuten konnte, als dass ihr Hubschrauber von dem ›Stinger-Mann‹ abgeschossen werden sollte. Deshalb änderte sie ihre Flugroute und flog weder über die Landepiste noch nach Concepción, sondern nach Bardas Blancas in Argentinien. In diesem größeren Dorf befindet sich ein Stützpunkt von uns und von dort aus hat sie auch dem Hauptquartier Meldung gemacht. Dank Ihres Hinweises, Sebastian, haben wir noch gestern Pablos Aufnahmegerät und Richtmikrophon in seinem Arbeitszimmer gefunden und konnten somit dem Hauptquartier den Grund unserer überstürzten Operation plausibel erklären. Manolita weiß demnach auch Bescheid, dass Ihr Gespräch mit Monique in Pablos Garten abgehört worden ist. Was ich auch noch sagen wollte: Pablos Frau ist wohlauf und befindet sich guter Obhut. Manolita bringt den Hubschrauber zurück. Soweit ich weiß, werden die beiden in drei oder vier Stunden hier landen.«

»Ja, aber?«, sagte Klaus irritiert, »was war das dann für ein Hubschrauber, der über der Landepiste abgeschossen wurde?«

John lächelte zynisch. »Offenbar dachte Pablo, dass der Wächter den Hubschrauber mit Manolita und seiner Frau schon abgeschossen haben musste und flog unbedacht über die Landepiste in Richtung Concepción, um sich dort in Sicherheit zu bringen. In der ganzen Aufregung hatte er nicht daran gedacht, dass der Wächter bislang keine Abschussmeldung abgegeben hatte. Er flog in das eigentlich für seine Frau arrangierte Verderben. Und der Wächter konnte das nicht erkennen. Der Auftrag des Wächters war, den ersten ihm bekannten Hubschrauber abzuschießen. Dass es nicht Manolita war, die über ihn flog, sondern sein Chef, konnte er nicht wissen. Aber Sebastian, was ist los mit Ihnen? Geht es Ihnen nicht gut?«

Vier Stunden später hörte Sebastian den Wohlklang eines herannahenden Hubschraubers. Kaum war er gelandet, schaltete Manolita den Antrieb aus und die Rotorblätter kamen langsam zum Stillstand. Monique sprang als Erste heraus und lief auf ihn zu. Sie umarmte ihn und küsste ihn, ungeachtet der anderen Männer. Manolita sprang nun auch aus dem Hubschrauber und ging auf John zu. Er begrüßte sie zunächst etwas zurückhaltend, dann nahm er sie aber in seine Arme.

Manolita, Monique, die Oberin, Klaus, John und Sebastian saßen am fürstlich gedeckten Tisch. Einziger Gesprächsstoff waren die Operation und ihre persönlichen Erlebnisse. Natürlich malten sie sich auch das Ausmaß der Folgen aus, wäre die Operation gescheitert. Pablos Tod war Tabu-Thema. Keiner erwähnte seinen Namen.

Auch am nächsten Morgen setzten sie sich zusammen. John hatte zu diesem Treffen eingeladen. Er wollte klären, wie es mit jedem Einzelnen weitergehen sollte, ob gegebenenfalls erforderliche Erlaubnisse und Genehmigungen einzuholen waren. Die Krankenstation sollte unter der Oberin unverändert weiterlaufen. die Großküche zunächst auch die Verpflegung der Soldaten und aller anderen Personen übernehmen, die in der Villa verblieben. Manolita äußerte den Wunsch, vor Ort bleiben zu dürfen. Sie sollte daher die technischen Abteilung des künftigen Unternehmens leiten und weiterhin als Pilotin zur Verfügung stehen. Monique und Sebastian würden die Geschäftsleitung des neuen Betriebes übernehmen und zwei Assistenten einarbeiten, die ihnen, für den Fall ihrer Verhinderung, vertreten könnten. Natürlich war jedem in der Runde bewusst, was damit gemeint war, denn Sebastians Gesundheitszustand war allen bekannt. John sinnierte darüber, dass auch Monique und Manolita das Unternehmen verantwortlich führen könnten, sollte Sebastian zurück nach Deutschland wollen. Doch das sei momentan ja kein Thema. John versprach, dass in weniger als zehn Tagen alle erforderlichen Papiere vorliegen würden. Alle sollten mit einem regen Besucherverkehr von Ingenieuren und weiteren Fachleuten rechnen, zumindest in der Anfangsphase. Klaus musste wieder zurück nach Deutschland. Seine Mission war beendet. Also blieb als zukünftiger Ansprechpartner nur noch John.

# 23.

Manolita war früh aufgestanden. Sehr sorgfältig fönte sie nach dem Duschen ihre langen, dunklen Haare. Sie sah bezaubernd aus, in der eng anliegenden kurzen Hose und dem weit ausgeschnittenen Hemdchen. Sie klopfte an Moniques Tür, betrat dann aber das Zimmer, ohne Moniques Reaktion abzuwarten.

»Manolita, du weißt, was ich will, und ich weiß, was du willst. Aber was ich nicht weiß, ist, wie es weitergehen soll. Da ist Sebastian und da ist diese neue Herausforderung. Und da bist du. Aber was ist mit Sebastian? Ich habe zwar schon mit ihm kurz über unser Verhältnis gesprochen, nur fürchte ich, dass er die Hoffnung noch nicht ganz aufgegeben hat.«

»Monique, die Zeit wird es regeln. Ich begehre dich und möchte mit dir durchs Leben gehen, wenn du es auch möchtest. Wir sind jetzt beide frei, Pablo ist tot. Endlich kann ich dir meine Gefühle, meine Zuneigung und Liebe zeigen. Hätte ich das früher getan, hätte Pablo mit mir kurzen Prozess gemacht. Jetzt müssen wir in Ruhe reden. Du mit Sebastian. Ich mit Sebastian. Und das ganz schnell. Sebastian sollte wissen, dass wir zusammenbleiben wollen. Er wird es akzeptieren.«

Manolita und Monique kamen auf Sebastian zu. Es war Mittag. Er saß an Pablos Schreibtisch und studierte die Pläne für den landwirtschaftlichen Umbau des Anwesens. Beide küssten ihn und setzten sich zu ihm. Manolita sah ihm in die Augen und nahm seine Hand. Behutsam erläuterte sie ihm, was Monique und ihr auf der Seele lag. Sebastian hörte schweigend zu und kämpfte mit einem Auf und Ab seiner Empfindungen und einem Knoten im Hals. Seine innere Stimme ermahnte ihn, jetzt vernünftig und besonnen bleiben zu müssen.

»Monique!«, sagte er gefasst, »es war ein Traum, der in einer Bar in Deutschland begann. Aber es war mein Traum, nicht deiner Ich hatte zu viel in deine Worte am Flughafen hineininterpretiert, in unsere ganze Begegnung. Aber ich bin froh, dass ich meinem Traum Taten folgen ließ, denn sonst hätte ich dich aus deinem Käfig nicht befreien können. Ich kann eurer gemeinsamen Zukunft nicht im Wege stehen und will es auch nicht. Ich werde noch einige Tage bleiben, dich beim Aufbau des neuen Betriebes unterstützen und meine Höhlenanwendungen weiter nehmen, aber dann gen Deutschland abreisen. Wir müssen realistisch nach vorne blicken. Große Aufgaben stehen vor euch. Also packen wir die Sache an. Einverstanden?«
Monique kam um den Tisch und küsste ihn. Sie weinte. Sie nahm seine Arme und legte sie um sich. Sie drückte sich fest an ihn und ließ ihrem Weinen freien Lauf.

»Danke!«, schluchzte sie ihm leise ins Ohr. Manolita kam zu den beiden und nahm behutsam Monique in ihre Arme. Mit ihren tränenfeuchten Augen schaute sie Sebastian an und hielt seinem Blick stand.

»Sebastian, ich werde Sie täglich zur Höhle begleiten und Ihnen dort den Rücken behandeln. Ich werde alles tun, um Ihre Chance auf eine Heilung zu erhöhen. Ich werde Ihnen eine Freundin sein.«

## 24.

Die nächsten Tage vergingen im Nu. Die Strapazen hinterließen ihre Spuren bei allen Beteiligten: Immer wieder Gespräche, Besprechungen und Entscheidungen, die oftmals widerrufen werden mussten. Glücklicherweise erwiesen sich die beiden neuen Assistenten als Experten. Ihre pragmatischen Entscheidungen vereinfachten den Tagesablauf enorm. John war immer wieder bemüht, zu Wachsamkeit zu ermahnen. Das kolumbianische Drogenkartell hatte zwischenzeitlich erfahren, was sich abgespielt hatte. Deshalb würden die amerikanischen Elitesoldaten noch für einige Wochen auf dem Anwesen verbleiben. John bat alle, jegliche Auffälligkeit zu melden. Zu seinen täglichen Höhlenanwendungen durfte Sebastian nur zu bestimmten Zeiten und in Begleitung zweier Soldaten gehen.

Die Mitteilung des chilenischen Innenministeriums in Santiago war kurz und knapp. Monique wurde einbestellt, sämtliche Papiere für die Fortführung des Unternehmens mit ihr als Geschäftsführerin zu unterschreiben. Außerdem werde ihr ein Schreiben übergeben, das die Amnestie für sie und die Arbeitskräfte der ehemaligen Rauschgiftproduktion bestätige. Manolita war hocherfreut, als sie von John hörte, dass nur sie und Monique fliegen sollten. Sie malte sich aus, wie beide die Tage in der Hauptstadt verbringen würden. John ermahnte sie, auf der Hut zu sein, sich unauffällig zu verhalten und so weit wie möglich die Öffentlichkeit zu meiden. Sie sollten sich überwiegend in dem Hotel aufhalten, das er unter falschen Namen für sie gebucht hatte, einem Luxushotel mit Boutiquen und einer riesigen Gesundheits- und Wellnesslandschaft. »Da bleiben keine Wünsche offen!«, hatte er süffisant bemerkt.

Manolita flog den Hubschrauber bis nach Concepción. Dort stiegen die beiden Frauen in die Abend-Maschine nach Santiago. Es war ein ruhiger Flug. Ein Taxi brachte sie ins Ritz-Carlton. Der Empfangschef wunderte sich über die Reservierung, die auf den Namen Herr und Frau Lopez lautete, enthielt sich aber diskret jeder Nachfrage. Das Zimmermädchen packte die Koffer aus und verließ die Suite, ohne ein Wort zu sagen. Das Telefon klingelte, melodiös leise. Es war der Hotelmanager, der sich entschuldigte, die Damen nicht persönlich begrüßt zu haben. Er würde sich aber sehr freuen, wenn die Damen als kleine Wiedergutmachung den Spa-Bereich auf Kosten des Hotels besuchen würden, natürlich mit einer uneingeschränkten Nutzung aller Angebote. Monique und Manolita ließen sich das nicht zweimal sagen und schlüpften sofort in die vom Hotel zur Verfügung gestellten roten Bademäntel.. Als sich die Fahrstuhltür zum Spa-Bereich im obersten Stockwerk des Hotels öffnete, lag vor ihnen eine grandiose Badelandschaft, eingebettet in eine lange Röhre mit ultragroßen Fenstern. Die von Palmen und exotischen Pflanzen eingerahmten zahlreichen Becken und Ruhebereiche, die Massage- und Fitnessräume sowie die Bar mit ausschließlich frisch gepressten Fruchtsäften im Ausschank ließen keinen Wunsch offen. Das Glasdach bot einen ungetrübten Blick auf den Sternenhimmel, die Seitenfenster fingen den Glanz der angrenzenden illuminierten Prachtstraßen mit unendlich vielen Boutiquen ein.

Die beiden Frauen waren müde und verschoben den ersten Stadtbummel auf den nächsten Tag. Stattdessen erlebten sie eine weitere schöne Liebesnacht miteinander. Das leise Klingeln des Telefons weckte Manolita. Es war sechs Uhr morgens. Die unangenehm piepsige Stimme des Portiers meldete, dass das bestellte Fahrzeug pünktlich zu der verabredeten Zeit vor dem Hoteleingang stehen werde. Seine Frage, ob er das Fahrzeug zu einer früheren oder späteren Zeit bestellen solle, verneinte Manolita.

»Zehn Uhr ist in Ordnung«, zischte sie verärgert ins Telefon. Das zweifache Knacken in der Leitung hatte sie nicht mehr wahrgenommen. Zärtlich weckte sie Monique. Nachdem sie ausgiebig im Bett gefrühstückt hatten, machten sie sich fertig für ihren Stadtbummel. Monique entschied sich für einen Hosenanzug, Manolita für ein kurzes, luftiges Kleid. Sie wussten, dass sie sich unauffällig kleiden und verhalten sollten, aber egal, was sie angezogen hätten, sie würden immer die Aufmerksamkeit auf sich lenken.

»Manolita, kümmere du dich um das Fahrzeug. Ich werde noch kurz mit dem Hoteldirektor sprechen. Er soll uns eine prickelnde Disco für heute Abend heraussuchen«, hauchte Monique lächelnd und verschwand, bevor Manolita etwas entgegnen konnte.

Die schwarze Limousine fanden sie unmittelbar vor dem Hoteleingang. Der Chauffeur in schwarzer Uniform stand vor dem Wagen und wartete auf seine

Fahrgäste. Er machte große Augen, als er die beiden schönen Frauen sah. Geschmeidig öffnete er die hintere Tür des Wagens und zog grüßend seine Mütze vom Kopf. Monique und Manolita stiegen unbekümmert ein.

Als Manolita zu sich kam, spürte sie zuerst die engen Hand- und Fußfesseln. Monique lag regungslos neben ihr, auch sie war gefesselt. Sie lagen auf dem Boden in irgendeiner Scheune. Alle Knochen taten ihr weh. Manolita sah um sich und versuchte, sich zu erinnern. Kurz nachdem sie die Limousine bestiegen hatten, hatte der Fahrer die Trennscheibe hochfahren lassen. Sie hatte noch gesehen, wie Monique in sich zusammensackte, bevor auch sie das Bewusstsein verlor. Manolita kannte dieses nicht sichtbare und nicht riechbare Gas. Es war eine von den Amerikanern entwickelte Anti-Terror-Waffe.

Manolita sah, dass nun auch Monique wieder zu sich kam. Noch bevor sie etwas sagen konnte, öffnete sich das Scheunentor. Zwei unterschiedlich große Männer kamen auf sie zu. Beide sahen gepflegt aus und trugen Straßenanzüge.

»Meine Damen, Sie wissen, warum Sie hier sind, nicht wahr?«, klang es wie beiläufig aus dem Munde des größeren. »Die Amerikaner haben uns Schwierigkeiten bereitet, sehr große Schwierigkeiten. Und nun werden die Amerikaner dafür bezahlen, diese Dreckshunde!«
Der kleinere, aber kräftigere Mann nahm den beiden Frauen die Fesseln ab.

»Wenn Sie fliehen oder sonst wie die Aufmerksamkeit auf sich lenken wollen, schneide ich Ihnen die Kehle durch, ganz langsam. Haben die Damen das verstanden?«, fragte er, ebenso ruhig und gelassen. Monique und Manolita wussten sofort, dass sie in eine ausweglose Situation geraten waren. Manolita stand auf und half Monique hoch. Die beiden Männer komplimentierten sie mit ironischen Handbewegungen ins Freie. Vor der Scheune stand ein großer Geländewagen. Sie mussten hinten einsteigen. Der Wagen fuhr durch eine öde, von Gott verlassene Gegend. In einem kleinen Wald hielt er an. Die Männer stiegen aus und forderten Monique und Manolita auf, sich auszuziehen. Sollten sie sich zimperlich zeigen, würden sie sie gleich hier umbringen. Manolita erkannte, dass sie alleine gegen die beiden Männer nichts ausrichten konnte. Sie nickte Monique zu und zog sich aus.

Die Fahrt ging weiter. Manolita rutschte immer näher an Monique heran. Die beiden Männer beobachteten sie durch den Rückspiegel, hatten aber an Manolitas Fürsorglichkeit für Monique nichts auszusetzen. Als sie mittig auf der Rückbank saß, spannte sie alle ihre Muskeln an, packte mit ausgebreiteten Armen die Köpfe der zwei Männer und ließ sie zusammenprallen. Die Männer sackten zusammen, der Wagen geriet von der Piste. Im ausgetrockenen Straßengraben blieb er stehen. Manolita zog zuerst den Fahrer aus dem Wagen und verpasste ihm einen Fausthieb ins Gesicht. Gleiches geschah mit dem Beifahrer. Sie durchsuchte ihn und fand schnell die Pistole im Schulterhalfter. Mit ekelverzerrtem Gesicht entsicherte sie die Waffe und schoss beiden Männern nacheinander in die Beine. Dann zog sie die Männer aus und schleuderte die Kleidung in den Kofferraum. Monique war zwischenzeitlich ausgestiegen und sah sie verständnislos an. Noch benommen von der Vergewaltigung und dem, was soeben vor sich ging, sagte sie kein Wort. Manolita griff Moniques Handgelenk und führte sie auf den Beifahrersitz. Dann startete sie den Wagen und fuhr zurück. Wohin wusste sie nicht, sie wollte nur zurück. Zurück war die sicherste Variante. An einer Kreuzung ohne Hinweisschilder bog sie nach links ab. Nach zehn Minuten erblickte sie in der Ferne eine Häuseransammlung. Es war ein kleines Dorf. Die Telefonleitungen entlang der Straße verrieten ihr, dass sie Hilfe heranholen konnte. Sie hielt an einem Haus, das offenbar auch als Einkaufsladen diente. Als sie den Laden betrat, sah sie in die desinteressierten Gesichter zweier alter Frauen.

»Ich will telefonieren. Wo ist das Telefon?«, fragte sie. Eine Antwort bekam sie nicht, nur ein Kopfnicken zeigte ihr die Richtung. Es war ein Münztelefon. Manolita wandte sich an die Frauen, zeigte auf ihre Pistole und fragte, was sie ihr dafür bezahlen würden. Die Frauen begutachteten die Pistole und gaben ihr eine Handvoll Münzen. Manolita betrachtete diese. Es waren kolumbianische Münzen. Sie wählte eine Nummer und gab kurz den Sachverhalt durch. Auf die Frage, wo sie seien, konnte sie nichts antworten. Sie drehte sich zu den zwei alten Frauen um und fragte, ob sie ein Mobiltelefon hätten. Die eine Frau zog ein Handy aus der

Schürzentasche und reichte es ihr. Offenbar schloss der Wert der Pistole einen Anruf per Handy mit ein. Manolita rief noch einmal die Nummer an und verlangte ihren auf der anderen Leitung wartenden Gesprächspartner vom ersten Telefonat. Es dauerte keine Minute, bis sie die gute Nachricht vernahm. Man hatte sie über GPS geortet und würde sofort ›die Kavallerie losschicken‹. Manolita war sehr erleichtert und freute sich, dass das Nothilfesystem der amerikanischen Anti-Drogen-Behörde funktionierte. Moniques erwartungsvolle Augen verrieten Angst. Als sie erfuhr, dass Hilfe unterwegs sei, fiel sie in sich zusammen. Keine zehn Minuten später hörte Manolita eine ihren Ohren wohlbekannte ›Melodie‹, wie sie das Röhren der Antriebe von Hubschraubern nannte.

Sie erkannte sehr schnell, dass es sich um einen Polizeihubschrauber handelte. Das kolumbianische Hoheitszeichen war bunt und übergroß und auf der hinteren Seitenfläche nicht zu übersehen. Der Pilot stieg aus und vergewisserte sich zunächst, dass nirgendwo eine Gefahr lauerte. Als er sich Manolita zuwandte, zuckte sie zusammen. Sie erkannte den piepsigen Ton wieder, mit dem sie der Portier im Hotel frühmorgens geweckt hatte und ihr, wie sie sofort richtig kombinierte, die Uhrzeit für das Bereitstellen eines Fahrzeugs entlockt hatte. Manolita stieß dem angeblichen Polizisten ihr Knie zwischen die Beine. Er fiel zu Boden und wimmerte. Sie entwaffnete und fesselte ihn mit seinen Handschellen. Monique stand still einige Meter entfernt und verstand nichts mehr.

Der Fahrer des Fahrzeugs, das John vorbestellt hatte, war erschossen aufgefunden worden, wie Manolita später erfahren sollte. Das feingestrickte Informationsnetz des Drogenkartells hatte Wind von Moniques Reise nach Santiago und der Bestellung des Fahrzeugs bekommen und die Fahrer einfach »ausgetauscht«. So hatten sie der zwei Frauen ohne Aufsehen habhaft werden können.

»Wieso bist du hier, du Schweinesohn«, schrie Manolita den Mann am Boden an und entsicherte ihre Pistole. »Erst rufst du mich in Santiago an, dann bist du hier in Kolumbien. Also, wenn ich dir nicht dahin schießen soll, wohin ich dich getreten habe, dann fang mal an zu singen. Du hast genau zwei Sekunden Zeit dafür.«

Der Mann schwieg. Manolita hob die Pistole und zielte.

»Okay, ich erzähle alles! Aber nicht schießen. Ihr könnt euch nicht vorstellen, was für ein Erdbeben ihr ausgelöst habt mit eurer letzten Lieferung. Das Zeug ist gleich unkontrolliert von Kolumbien in die Staaten befördert worden. In den Staaten ist es dann wie üblich als reinstes Kokain verkauft worden. Als die Geschäftspartner feststellten, dass sie mehrere Millionen Dollar für unbrauchbares Pulver bezahlt hatten, erklärten sie uns den Krieg. Wir konnten sie hinhalten, uns drei Wochen zur Aufklärung zu geben. Wir versprachen, die Verantwortlichen aufzuspüren und sie vor den Augen unserer Partner zu bestrafen. Deshalb haben wir alle unsere Kontaktleute in Gang gesetzt und von den Ereignissen auf Pablos Anwesen so gut wie alles erfahren, auch von euren Plänen.«

»Das ist nicht genug!«, zischte Manolita ihn an. »Wer sind eure Kontaktleute auf Pablos Anwesen? Was hattet ihr mit uns vor? Du hast eine Minute, um mir alles zu erzählen.«

»Langsam! Wenn du Details wissen willst, dann musst du mir die nötige Zeit lassen, Täubchen!«

Manolita schoss, ohne zu zielen. Die Kugel traf den Mann am Oberschenkel. Es war nur ein Streifschuss, aber er verfehlte seine Wirkung nicht.

»Okay! Okay! Es sind zwei Schwestern im Kloster und ein Aufseher. Die Schwestern heißen Carmen und Pepita. Ich bin ihr Kontaktmann. Der Aufseher mit Namen Pedro untersteht einem anderen Kontaktmann. Zufrieden?«

Manolita zielte auf das andere Bein und schoss. Diesmal ging der Schuss durch den Oberschenkel. Der Mann heulte auf.

»Du hast was vergessen. Was wolltet ihr mit uns machen?«, fragte Manolita, mit der Pistole auf ihn zielend.

»Wir wollten über euch die Verantwortlichen, einen John und einen Dr. Sebastian, herlocken und ihre Leichen den Amerikanern anbieten. Für euch hatten sich die Bosse etwas ganz Besonderes ausgedacht. Ihr solltet permanent unter Drogen gesetzt und der Zwangsprostitution in einem Wüstenbordell zugeführt werden. Nach einem Jahr solltet ihr dann nach italienischer Art umgebracht werden.«

»Was ist das, die italienische Art?«, fragte nun Monique.

»Wenn ich euch das sage, dann bringt ihr mich gleich hier um. Und wenn ich es euch nicht sage, dann bringt mich das Kartell um, wenn die mich hier finden. Und sie werden mich bald hier finden!«

Manolita überlegte keine Sekunde. Wenn das Kartell so schnell war, dann sollten sie sofort abhauen. Ein Warten auf die ›Kavallerie‹ könnte tödlich sein.

Das Abheben war ruckelig, Manolita hatte mit diesem Hubschrauber-Typ keine Erfahrung. Kaum waren sie einige Meter in der Luft, kam ihnen ein zweisitziger Harrier der US Marine entgegen. Der Pilot dieses senkrecht startenden Kampfflugzeuges gab ihr zu verstehen, dass sie wieder landen sollte. Der Düsenjet ging keine hundert Meter entfernt herunter. Der Pilot schaltete das Düsentriebwerk ab. Als auch die zwei drehbaren Schubdüsen verstummt waren, öffnete er das Kabinendach. Er gab sich zu erkennen und teilte in kurzen Worten mit, dass ein Hubschrauber des Drogenkartells in wenigen Minuten vor Ort sein würde. Er habe alle Funksprüche abgehört. Es sei also Eile geboten. Der Pilot und Manolita halfen Monique, über den Flügel zu dem freien Sitz zu gelangen. Als er Manolitas fragenden Blick auffing, sagte er lakonisch, heute müsse der Sitz gleich zwei hübsche Frauen verkraften. Das sei zwar verboten, aber nicht zu ändern. Dieser Flug habe ja ohnehin nie stattgefunden.

Schnell hievten die Schubdüsen den Jet in die Höhe.

»Meine Damen, ich habe da eine Frage. Es ist mir nicht unmöglich, die bösen Jungs in dem da vorne herannahenden Hubschrauber in die ewigen Jagdgründe zu schicken. Soll ich? Verdient haben die das bestimmt allemal.«

Monique saß auf Manolitas Schoß.»Sehr gerne!«, rief sie dem Piloten zu. Kurze Zeit später explodierte ein Hubschrauber.

Sie hatten noch nicht den kolumbianischen Luftraum verlassen, als der Pilot aufgefordert wurde, sich zu identifizieren. Die Luftsicherheit hatte das unangemeldete Flugzeug auf dem Radar entdeckt. Der Pilot zog aus seiner Brusttasche einen Zettel, auf dem eine alpha-numerische Zahl stand. Es war die Identifikationsnummer einer kleinen kolumbianischen Militärmaschine. Er gab sie durch, und die Luftsicherheit gab sich zufrieden.

»Bis die Idioten festgestellt haben, dass die Maschine mit dieser Nummer keine Flugerlaubnis hat, sind wir schon über alle Berge. Diesen Trick wenden wir seit Jahren an. Er funktioniert heute immer noch!«, sagte der Pilot selbstzufrieden. Als sie auf der USS Nimitz landeten, dem größten per Atomkraft angetriebenen Flugzeugträger, wurden sie von zwei uniformierten Agentinnen der Anti-Drogen-Behörde empfangen. Sie mussten alles bis ins kleinste Detail berichten. Nur eins hatten sie vergessen zu erwähnen: die für das Drogenkartell arbeitenden zwei Schwestern auf der Krankenstation des Klosters.

Danach durften sie sich zurückziehen. Manolita ließ sich auf dem Bett in ihrer Kabine nieder und schloss die Augen. Sie zitterte am ganzen Körper und konnte nicht verhindern, dass ein hysterischer Weinkrampf sie zu schütteln begann. Die alarmierte Bordärztin gab ihr eine starke Beruhigungsspritze, die sofort wirkte.

## 25.

Seitdem in Santiago der tote Fahrer aufgefunden worden war, wusste man von der Entführung. Niemand hatte jedoch damit gerechnet, dass die Entführten gleich nach Kolumbien gebracht wurden. John selbst hatte der Rettung der beiden Frauen die höchste Prioritätsstufe gegeben. Die US Marine im Pazifik war in Alarmbereitschaft gesetzt worden. John hatte in Washington D.C. seitens des Pentagons alle entsprechenden Vollmachten erhalten, denn es lag der amerikanischen Administration sehr viel daran, diesen Zweig des südamerikanischen Drogenkartells zu zerschlagen.

»Sie sind auf der USS Nimitz!«, rief John schon von Weitem und umarmte Sebastian. »Möchtest du gleich dahin oder wollt ihr euch erst in zwei Tagen in Brasilien treffen? Und nicht vergessen: Wir alle müssen uns zusammensetzen und über das weitere Procedere sprechen. Ein Treffen in Brasilien wäre mir lieber. Dort sind wir nicht nur sicher, und ob du es glaubst oder nicht, Sebastian, ich war auch noch nie in Brasilien!«

## Epilog

## 1.

John und Sebastian hatten die Koffer für Brasilien gepackt und warteten auf den Hubschrauber. Einer der Soldaten überbrachte die Meldung, dass sich der Abflug wegen eines technischen Defektes am Hubschrauber um etwa vier Stunden verschieben würde. Sie hatten also noch reichlich Zeit. John schlug vor, sich von der Oberin zu verabschieden und eventuell doch noch die eine oder andere offene Fragen mit ihr zu besprechen. Kurz vor dem Haupttor der Krankenstation fegten zwei Schwestern den Eingangsbereich. Trotz der Staubwolke konnten die beiden Männer die am Boden liegende Oberin sehen. Die drei großen Blutflecke, die ihre Ordenstracht im Brustbereich bedeckten, waren nicht zu übersehen. Als die Schwestern sie sahen, ließen sie die Besen fallen. Sie zogen gleichzeitig Pistolen mit Schalldämpfern. Jede gab auf das Herz zielend drei Schüsse ab, die eine auf John, die andere auf Sebastian.

## 2.

Monique und Manolita lagen am Strand von Copacabana. In ihren winzigen Bikinis fielen sie hier nicht auf. Alle schlanken jungen Mädchen und Frauen trugen diese Winzlinge. Gegen Abend verließen sie den Strand. Sie wollten noch in einem Straßencafé eine Piña Colada trinken. Als sie die Straße überquerten, mussten sie einem Cabriolet ausweichen. Der Wagen stoppte auf ihrer Höhe. Die zwei auf der Hinterbank sitzenden Männer zogen Pistolen mit Schalldämpfern. Jeder gab auf das Herz zielend drei Schüsse ab, der eine auf Manolita, der andere auf Monique.

## 3.

*Das Schicksal mischt die Karten, und wir spielen.*
(Schopenhauer)